随风忆

李明博　著

国文出版社
·北京·

图书在版编目（CIP）数据

随风忆 / 李明博著. -- 北京 ：国文出版社，2025.

ISBN 978-7-5125-1869-8

I. I267

中国国家版本馆CIP数据核字第20249W240E号

随风忆

作　　者	李明博	
责任编辑	罗敬夫　王宇飞	
策划编辑	凌　翔	
责任校对	陈一文	
装帧设计	邓小林	
出版发行	国文出版社	
经　　销	全国新华书店	
印　　刷	三河市中晟雅豪印务有限公司	
开　　本	880毫米×1230毫米	32开
	6.75印张	101千字
版　　次	2025年5月第1版	
	2025年5月第1次印刷	
书　　号	ISBN 978-7-5125-1869-8	
定　　价	69.80元	

国文出版社

北京市朝阳区东土城路乙9号　　邮编：100013

总编室：（010）64270995　　传真：（010）64270995

销售热线：（010）64271187

传真：（010）64271187-800

E-mail：icpc@95777.sina.net

回望美好的花季

◇ 王长征

生活在这样一个日新月异快节奏的时代，我们往往会忽略身边那些转瞬即逝的美丽，很少有人能够轻轻放慢脚步，去聆听岁月的轻歌细吟，去好好感受生活散发出的缕缕馨香。

16岁少年李明博在求学路上，一面寒窗苦读，加劲划桨，快乐而幸福地遨游在知识的海洋里，一面怀着对色彩斑斓的文字的好奇，对文学探索的兴趣，用一颗敏感之心，将前行路上那些极易被遗忘的精彩瞬间一一捡起，用生花妙笔绘成一幅幅撼人心魄的生动画面。

《随风忆》是李明博正式出版的首部文集，其作品与本人一样，像成熟的稻子那样谦虚而低调，踏实而稳重，透露出一种沉静与深邃。这部文集不仅记录了他对往事的款款追忆，对当下生活清醒的认知与感悟，也充满对未来无限美好的憧憬。李明博以自己独特敏锐的视角和细腻丰富的感情，用生动活泼的文字引着我们走进他奇妙的内心世界，共同去感受那些随风而逝却又刻骨铭心的记忆。

李明博给我的印象是身材颀长、眉清目秀、英俊帅气，浑身散发着浓浓的书卷气和不达目的不罢休的青春朝气。与之交谈，发现他对当今社会现实和文化历史有着自己独到的见解，流露出新时代青少年个性独立、孤标傲世的非凡气质。

《随风忆》中的文字如清泉潺潺流淌。李明博善于捕捉生活中一个个细节，老屋里一些旧物件，街头巷尾一座座古建筑、一家家门店或一个个生活场景，在他笔下都能焕发出夺目的光彩，成为一道道绚丽的风景。

这部文集既有散文，也有小说、诗歌，其最突出的特点就是字里行间洋溢着诗情画意，蕴含着丰富的哲理，散发着脉脉温情，总能让人感到一种令人爽快的舒服感。他的这些平常而普通的文字，为读者搭建起了一座通往青少年心灵的桥梁。作为一位酷爱读书、情系家国的少年，李明博敢于倾吐心声，用文字传递正能量，激励读者向着未来与远方快乐奔跑。这些作品不仅是情感的宣泄，更是对这个世界的美好期待和真诚祝愿。他的诗歌与小说、散文相映成趣，共同构成了一个丰富多彩的小小文学世界。为让读者看到他创作的诗歌的精彩，本书选附了他新近创作的部分诗歌。

李明博善于从日常生活琐事中提炼主题，习惯于用简洁生动又富有象征意义的语言抒情，让读者在品味文字的同时，感受到他对生活的深切感悟和对世界的深沉思考。《静夜思》一文中，李明博通过对静谧夜晚的细腻描写，表达了他对故乡和亲人的深切思念，以及对人生无常、时光流逝的淡淡忧伤和对流逝岁月的无比眷恋。《云上人间》以云为喻，探讨人生的虚幻与真实、坚持与放弃，通过对云的精彩描绘，表达自己对自由而宁静生活的向往。他鼓励大家要始终保持心灵的自由和灵魂的纯净，不要被污染，不要被琐事束缚，要敢作敢为，勇于担当社会责任。《无名之辈》通过细腻的笔触讲述了一位老兵的传奇故事，展现了英雄主义的崇高与伟大，体现了积极的人生观、价值观和世界观，同时对战争的残酷和生命的意义进行了多方面探讨。这位老兵经历血与火的洗礼，能够始终保持着对生活的热爱，展现了生命的坚韧与尊严。

《随风忆》围绕着记忆徐徐展开一幅幅画卷。《我们相识的那些日子》讲述了自己与朋友的成长故事，探讨了成长过程中的困惑、矛盾、挑战与收获，鼓励人们要坚持追求梦想，即使遇到困难和挫折，也不要轻言放弃，继续向前，奋然前行。

此外，作者对社会和人性也有一定的认知和剖析。《中国》一文中，李明博对一些社会现象阐明了自己的观点，反映了他对公平正义和伦理道德的关注。《春日，鼻炎，老房子和以前》通过对自然风景浓墨重彩地描写，展现了人与自然之间和谐共处的美好，鼓励人们关注自然、热爱自然，从中汲取力量和智慧，积极为生态文明建设贡献自己的力量。

自古英雄出少年。16岁的李明博出版自己的文集，我真为他高兴，从他身上我看到了当年自己的懵懂与青涩。他的首部文集像一棵青青碧树，虽然生机勃勃，但仍不够坚挺高大。相信不久的将来，他一定会成长为一棵参天大树，青枝绿叶繁茂葳蕤，绽放出满树繁花。

愿《随风忆》伴随你左右，愿每一个精彩瞬间都能成为您恒久美好的回忆。

（王长征，中国东方文化研究会社会艺术委员会顾问，中国成人教育协会理事，安徽省当代诗歌研究会副会长。迄今在《中国作家》《解放军文艺》《北京文学》《上海文学》等文学期刊发表文学作品400余万字，出版诗集、文集9部。现居北京，主编《中国汉诗》）

目　录

第 *1* 章

远赴人间惊鸿客——琐事琐记

童话里的故事，
就像映在现实中的海市蜃楼，
让人心驰神往，
却又触之不及。

第 *2* 章

今生的佳期如梦 ——细语平常

瓶中幽泉冷滴石，安知我相思？

每句第一字连读，

这也便是结尾的话了。

第 *3* 章
致那些年随风散去的回忆

致那些年随风散去的回忆，
飘零的岁月，
和时不时想起的你。

附　录

诗歌作品选

第 1 章

远赴人间惊鸿客
——琐事琐记

童话里的故事，
就像映在现实中的海市蜃楼，
让人心驰神往，
却又触之不及。

冬日晚霞

冬日里的晚霞，可比得上任何时候的霞。

冬日是赏霞的最佳时期，这句话说得一点儿也不假。冬日的寒风衬着光影炫目的她，让人多了几分清醒，多了几分沉溺。

若笑那夏日晚霞热烈的话，那冬日晚霞，就绝对是含蓄的了。

先是蓝，蓝得透彻，晶莹的镜面上开始渐变起来，两三点白云做点缀，太阳与月亮来相会。远处那山斯文的背影，这时好像分外模糊了。树叶在一旁嬉笑，窗上的白汽若隐若现，仿佛又为这神秘的场景蒙上了面纱。树枝在蓝中溢出，黑与蓝交织，若二者缺一，就少了那么一丝韵味。

蓝中的太阳不服，拼命想向月亮展现点儿什么，可万丈高光却只在晶莹中透下一抹粉红。粉得清爽，粉得可爱。

这粉仿佛还是一个孩子，到处流露出天真烂漫：一会儿像带子一般束在蓝天上，一会儿又像一团烟一样散在蓝天里，困了乏了，也便在蓝的怀里睡了。

这时，紫在粉与蓝之间苏醒了，它与蓝比起来，没有蓝的那般透彻，但多了几分静谧，可与那粉比起来，反倒成熟了许多。在镜面上起舞是它的绝活儿，你若细细地观察它，它从骨子里展现的高贵自然瞒不住你的眼睛。一动半笑，无不在与那黑天鹅比谁更傲人一等。在一刹那间，流光中古灵精怪的公主便匆匆离开了舞台。

主角的登场，往往伴随着宏伟的气势，晚霞也不例外。橙红的光倾泻而出，所到之处，一股庄严之气包裹着它，让人忍不住心生敬仰。它如大鹏般的双翼展开后，蓝便成了配角，双翅展在天上，审视着华夏大地上的一切，仿佛一眼望穿了那五千年的长河。它为光的落幕做着最后的准备。红，红起来了！烈火燃烧的云层展现出最后的绚烂，就好像建在天上的长城，无数鱼鳞状云载着那将士的忠魂与热血，在光辉的长城上了结了最后的报国心愿，化作无尽的流华。

天暗了，光仿佛已经被用尽，它便收了那金翅，仿佛到了暮年一般。天空之上的镜子里反射着红，悲壮的红。

可它反倒没有悲伤，仰着头大笑，笑得那么豪放，那么爽朗。伴随着它的身子一点点佝偻下去，夜，那紫的母后，便接管了天的舞台。

想想明天这个剧场还会开放，我依旧能够到晚霞的专场，心中不由得多了份憧憬之情。

冬日的晚霞，煞是迷人。

冬日的晚霞，让我回味。

北京散记

今天晚上，有很好的月光。

北京连续下了几天雨，不知怎的，凝不成雪。冬已至，水倒影里的墙、屋宇和街道都交织在一张密网里。

这天气倒凉爽，没有那夏日的燥闷。

街上的行人匆匆地走着，时不时，忽然吹过一阵凉风。

漫无目的走在道上，忽然想起"旧相识"来，想着闲来无事，也便可以寻访去了。不承想，熟知的园区早已改名换姓。看着今非昔比的风景，懒散和怀念的心绪不知散到哪里去了，凄冷之景反倒使我生疏。不知道什么时候，我的兴致早已索然，颇悔此多一事了。

"独夜无人堪晤语，青灯相对结寒花。"

随便踏入路旁的一个不知名咖啡馆里，竟发现店员都不知所终。我寻不得人，却觅到了那略显破败的楼梯，奔上楼，发觉二楼也是冷清得不行，没有丝毫人气，不觉有点儿感慨。

就这么想着，我便要了两杯咖啡。

"这么晚喝咖啡？不睡觉了吗先生？"

我轻笑了一下。

"有传言说，咖啡是失眠人的良药，我想来试试。"

月光照在窗上，可能是天寒缘故，只觉那月光如水，却又好似那碎银一般。

"嗯，马上给您送过来。"店员打了个哈欠，懒散地说道。

"好奇怪的客人。"

很快，咖啡到了。

大概是因为正值晚上的缘故，虽说这是咖啡馆，但在此时此刻，的确少了些人间烟火的气息。渐渐的，杯子里的方糖融化掉了，而我以外还是三张空板桌。

眼前原本有些花草的庭院，在夜色的衬托下显得有些荒芜，内心感到莫名的孤独，但又不愿有别的客人上来，打扰了自己。偶然听到楼梯上脚步响，便不由得有些疑惑，待到看见是店员，才又安心了，这样又过了些时间。

"小店要打烊喽。"

没多说，只能起身与那店员道别，付过了账，走出门外，看着昔日令无数孩童快乐的地方，如今却没几人光顾，不禁慨叹物是人非。

人走茶凉。可能，无人光顾的内心也会渐渐荒芜起来吧。

孤独或许就是由此而生。

我紧了紧衣裳，迈步向家走去。

中秋散记

晚上。

在一个月圆的晚上。

傍晚的风倒是没有夏天时那么燥热了，多了份秋的清爽。树梢上站着喜鹊，我细细思量，最后只产生一个臆想。

"它是不是沉迷在繁华的人世间了？"

旁边的两只麻雀在高谈阔论，它自己凝视着车道，不知在思考些什么。

闲来无事，披上件衣服，踏出门，笨拙的手把那顶帽子狠狠地扣在脑袋上。踩着楼梯下了楼，楼梯鄙夷地发出咯吱咯吱的响。

"真磨蹭。"

楼梯好似在不满地嘲讽。

走啊，走啊，走在大街上，橙黄的路灯照着地面，我的影子就在那路灯底下，和我捉起了迷藏。我俩每次都能找到对方，直到我藏到了没有光的角落里。

"我赢了！哈哈！"

打开手机，却突然看见它趴在我的肩膀上，在我耳边轻轻吹气。

"是我赢了，对吧？"

我只得认栽，顺便指头往下面快速翻动。忽然，影子指了指网上的批判刻舟求剑的那一条新闻。

我无奈地笑了一下，是啊，怎么会有那么傻的人呢？

"你说对吧？"它并没有回应我。

我瞥了一眼路标。

"时间大道？"

"这不对啊，我怎么走到这里来了？"

前面走着的人微微转了一下脸，我的心咯噔一下。

"嘿！"我大喊了一声，向前冲了过去。但那人并没有理会我。我很纳闷儿我的举止为什么变得这么奇怪，但我心里始终清楚我好想好想再见到她。

"嘀——"

"看路行不行啊！大中秋的找不痛快是不是！"

司机落下了车窗大吼起来。

我这才意识到我闯了红灯，差点儿被车撞了。

再看那人，却怎么也看不到了。

"真奇怪。"我在心里嘀咕着，加快了走向另一个路口的步伐。

手机上关于刻舟求剑的新闻当然也在混乱中被关掉了。

在路灯的照耀下，我居然在不知不觉中弄丢了我的影子。

"可恶的路灯，拐跑了我的朋友。"我用眼睛狠狠地盯着那一束光，但我也没有办法，只能握紧了拳头，使劲跺了两下脚。

一只兔子蹦蹦跳跳地跑了过来，想让我帮助它一下，说什么在看月亮的时候忘了回去。

它说它想在人间见一个很重要的人，这人让它刻骨铭心，有时还让它想得死去活来。

我跟它解释。

"所谓的刻骨铭心，从来不是轰轰烈烈、死去活来的代名词，越是刻骨铭心啊，越是平淡。它超越了人间一切情感，是深深地埋在了你心底的当时的新鲜感，但久而久之，它成了你的习惯，刻在了你的骨子里，但说出来也没有任何愧疚、负担，不会对你的生活造成任何影响。

"比起那些空洞的、腐朽的、用谎言堆砌的'糖果蛋糕'，忠贞不渝在这个时代倒成了不可能。

"所以别想着明辨是非啦。

"其实啊，每一个瞬间、每一个事情都是在不知情的时候跑进了你的潜意识里的，当你回想起来的时候，每一个场景如涓涓细流，轻柔地流过心田，你会会心一笑，会发现它其实一直待在你的身边，不曾离开。而你，也离不开它了。"

它向我点头致意。

可周围的场景逐渐破碎、重组。

我猛地惊醒！

原来是个荒诞离奇的梦啊！

算了算了，继续睡吧，等明天的太阳出来，准又是个大晴天。

云上人间

对所有的人来说，云是极熟悉的身边寻常物，然而云又是陌生得让人说不清道不明的东西。所以说，云是熟悉的，又是陌生的。

云是缥缈的画卷，青罗素纱，如雾一般。有的云铺在空中，闲适而又慵懒。

我曾无数次正面欣赏它、瞻仰它，却总是与它相隔甚远。我不止一次妄想去触及它，去与它分享喜怒哀乐，拭去它的眼泪。去随它记录高山大川、揣摩诗词歌赋、理解这人世间。可是……可是它浮在天上，每当我谈起这件事时，它总会翘起嘴角，好似那一叶轻舟，扁平而又飞快。

有时云俏皮得很，在房檐上，或盘腿而坐，或翩翩起舞。有时云却含蓄起来了，半遮着脸，怀中抱着生命。趁着有树荫，趁着有波光，趁着夏天还长，趁着湖水刚涨，偷偷地、悄悄地散播微光，为自己镶上金色的相框，嵌入天的相册里。

凡人有时只窥得云的几分全貌，便尤为惊叹。有人说，"云上藏云"，层层叠叠，蜿蜒无尽头！有人说，"万里无云"，云只是天的庸俗作品，无云方能突出苍穹的壮大，才能让人感受到天的浩瀚。

直到我亲自见到那云。

那天，我头靠在阳台边，放眼望去，云拥着热浪，夹杂着青春的气息，向我奔来。

我清楚地看到，一群少男少女，一会儿在夕阳下肆意地奔跑，一会儿躺在湛蓝的"草地"上，畅谈梦想。他们大笑着，大笑着，无忧无虑！有人捧了几本小说，私语着。天上的村落啊！有人捉到了蜻蜓，手舞足蹈地让自己的同伴一同观赏。有人困住了星星，将它抱在怀里让它继续发光。树叶和蝉鸣一同喧嚣，花儿和霞光一同绽放。

云儿啊，就生活在这里。

早晨云身披朝霞，挡住了羞红了脸的太阳；傍晚云身披日光，为白昼缓缓地落下了帷幕。

这天上没有四季。知了、花儿、雪活在一起，天气有着春的温柔，有着夏天的晚风，有着秋的凉爽，有着冬天的飘雪。云在这里就是山巅、禅寺；云就是湖海，云就是浪漫的幻想，云就是诗篇的终章，是失意人眼中重拾信心的希望，是逢时人的马蹄声急。云就是，云就是回响在这时代里的强声！天就是，天就是囊括这一切的世外桃源！

我不止一次羡慕云上的那些欢乐，想象着星星与月亮的繁忙，想着天上的人儿一到晚上是不是会抱怨今天的太阳晒得用力过猛。想着天会不会嘟起嘴角，对着太阳训话，而太阳委屈巴巴地站在一旁，月亮满眼温柔地安慰着它，一副祥和而又安稳的模样。而这时候天上的云正在享受生活，慈祥地看着打闹成一片的小年轻。

云就是那么我行我素。

后来我才知道，那少男少女啊，他们都有一个名字，这个名字很特殊，叫"青春"。

我爱云，我爱那天上的祥和，我爱那人世间的温情，我爱这世界上所有美的事物。

但人都是不完美的。

我并不希望一个人知道了自己的缺陷后而感到自卑。

在远方的你要永远记住，你可是闪闪发光的啊！

絮云情

文中的云，我赋予了"她"的称呼。

温柔慵懒，飘摇人间。

轻纱碧罗裙，素衣清风衫，琉璃娇眉眼，扶桑流光簪。

她的眉梢太长，蓄满了春的露水，有时看到太阳的时候，她的脸会抹上两晕红。我喜欢她的双颊，和没有粉饰、柔玉般的身形。

她或许太温柔了，若即若离，飘忽不定。

可……我偏偏喜欢她那温柔，点缀在我的心上，心头上，那心尖尖上。她溪流一般轻淌流过，像静谧夜下的小桥流水，载着星光悄然而去。她迈着俏皮的步伐，在灰茫茫雾中牵起我的手，领着我，载着我，琴声悠扬，穿梭在天上。

那时的静谧与美好，镌刻在了我的回忆里。

琴声忽而变得模糊，我看不清她的面容。她舞姿依旧浪漫，更显沉稳、文静、落落大方。她在那天际，引出一种别样的、说不清道不明的情愫。她突然地握住我的手，在那夜空之中，喃喃细语。我盯着她的发梢，为她撩起一缕青丝。

思绪飘荡到农家，荷塘里青莲碧波，鱼儿欢喜嬉戏。沿着池塘，缓缓地走过，路过小河，忽而看见她一袭素衣，篮子里盛着刚在后山上采的茶叶。

看到我来了，她冲我露出一丝微笑。几声清脆的黄鹂鸣叫，闯入了和谐安宁的画面里。溪边清泉，伴着孩童的笑声和老人的高谈阔论。风儿掠过树梢，印证着夏天浓暑未消。

她依偎在我的身旁，大锅里饭菜早就做好，米饭被木铲盛出来，搁在缺了个口的瓷碗里。

我们边吃边聊，伴着夕阳落山，落日的余晖洒在我与她的肩上，烟火气愈发浓郁。

待到吃完饭，两人忙活着把碗碟收拾好，她坐在木条凳子上，靠在我的肩上，看着太阳缓缓而落……

她哼唱着歌儿，问我为什么喜欢她。

我笑了一下，回答道："或许是执念在作祟吧，让不完美的事物在完美中落幕。"

看着依偎在肩上的面庞，我又想起了些什么。

"又或许是念想，一种说不清道不明的念想。"

她看着我，缓缓地闭上了眼睛。

"那片天上，仅属于我的那片天上，你点缀了星河。"我缓缓开口。

"在我的心田里，你缓缓流过，这风景仅属于我。"

我又看了她一眼，看着她的身形逐渐黯淡。

"你不像太阳那般耀眼、光彩夺目，也不像月亮那般引得世人无限眷恋。"

"时而回想起你，时而眷恋于你，时而枕在你肩上，去诉说一个少年的理想和广阔无垠的向往。"

"你会听，会静静地看着我，看着周围的萤火和山坡。"

"我可以在你怀里尽情地哭泣，也可以尽情地欢歌。你会包容我。"

我看着她缓缓隐去的身形。

"你是云，你是歌。或许你早融入了我。"

听到这里，她浅浅地笑了一下。

我愣了愣神，一阵恍惚。

"你是我心中的日月，构成了我名字中的炽热。"

她飘浮在空中，远远地望着我。

我知道，就这么望着，我早已懂得：我与她不可分割。

风吹过，云就从我的眼睛里、岁月里甚至从我的梦里飘拂得无影无踪，但她却在我的心里，深深地驻扎了下来，在我的身体里野蛮地生长起来。

火烧云

惊艳的场景，往往出现在最普通的天气里。

我像往常一样走在街上。

形形色色的人从身边走过去，临近黄昏，霞还在那梳妆间里细细打扮，没有露脸，真是让人着急。

再一次来到了喧嚣的十字路口旁，红绿灯在路口指挥着车水马龙，街道上人声鼎沸，可我失魂落魄地游走在路旁。

耳边充斥着汽车不满的大吼大叫。

天桥上，铁丝网禁锢着虚无缥缈的云。

尘世里无数的事物啊，无不流露着人间的烟火气。

我与几个打电话的人匆匆擦肩而过，不经意的一瞥，我注意到了其中一个人还带着行李箱。

"哦，原来是远游人，愿他安康。"我默默地在心中念叨。

我仿佛看到一封家书系在那游子的红围脖上。围脖上挂着眼镜，也挂着乡思，挂着忧愁，挂着那儿女情长，挂着初入社会的迷茫……

随着街景的变换，我环顾起四周来，好像每个人都藏着自己的心事，我当然也不例外。

我在等霞。

天还是沉着个脸，吓人极了。霞小姐还未露面，既然没有邀到她共进晚餐，我想，该回去自己吃了。

刚转过头，太阳便偷偷溜出来了。

再转头的时候，看到的是我终生难忘的画面。

霞光将一朵朵云用金边镶嵌起来，火烧云，大片的火烧云。凡·高《星空》里面的浪漫开始为它着色，李白不小心喝高了，将那美酒从三千尺之上的银河倾落，淋在了那画上，烧得更烈了，烧得更旺了，烧得霞光万丈！烧掉了，烧掉了！烧掉了心中所有的惆怅……

它仿佛从天上的城堡出发，只为在黄昏时为有心人点燃希望。远远地望着它的双眸，无不含情，赏着这世间的童话，盯着藏在角落里、大街上、小店里的公主，嘴角勾起了一抹浅浅的笑，动人心魄。

任何东西都不是单个的，至少美不是，你看那彩虹还是由无数小水滴折射而成的呢！当然，火烧云也不例外。

无数云朵的勾勒，构成了千面的它，它补全了天的空缺，完成了自然的丹青之作。它有君子的温润如玉，也有少年的放荡不羁，它千变万化，性别根本无法定义！

它的笑，包罗万象。我想，那唯一解开千古浪漫的钥匙一定藏在玫瑰丛中，藏在这火烧云之中。

光顺着树叶的空洞倾泻而下，注满了路面。火烧云，人间第一流，徐徐而来。清风作响，铃儿叮当，在老街旁，在华灯上。那平凡而又闪耀的它啊，生在天上。

它是那么有治愈力，让独自坐在长椅上的老人绽出微笑；它是那么的害羞，躲着半个身子，不愿探出发红的面颊。它热烈地与地平线相拥，让人回味无穷。世俗并没有拘束住它风发的意气！年少的它，渐渐放开了身形！将云，暖得通红。它肆意地挥洒青春，让人驻足，让人停下来欣赏这绝美出凡的画。

我想，它那么浪漫，仿佛是上天给予人间的永恒的烟花一般。

它为何可称得上"烟花"？因为它见证了我们懵懂的、青葱的、流年之中不可磨灭的记忆和不可忽略的嘶哑，就在那一霎。

那它为什么算得上是永恒呢？因为它毫不掩饰，在心底，它叫记忆；在记忆里，它叫永恒。

它心底或许也有一片火烧云吧！不然它为何能在天上羞红了脸呢？大抵是它心中的火烧云，染红了它的半边天。

永恒的烟花，到底是为了谁而绽放？

苗大哥

呼伦贝尔农村的星空，对一直在城市里生活的人来说，诱惑可不是一星半点儿的大。吃过晚饭，再次回到屋子里，我们沉默了好久。似乎，曾经亲密无间的我们，话题就这样聊完了。就这么在破屋里坐着，看着两三点星若隐若现，眨眼间，就亮满了天……

临近傍晚的天蓝得发黑，模模糊糊的，如同蒙了一层雾。我透过窗，再往远处眺去，那里有模模糊糊的轮廓，心里想着，那或许就是远山的剪影。

我曾在早上看到过那座山，高大，峻险，完全不像地理杂志所描述的那样。

"内蒙古的草原上，几乎都是矮平的丘陵，似乎一望无际的草原上孕育不出那样直入云霄的峰。"

院子里有一棵黝黑得发亮的枯枝，歪歪斜斜的，就好似妄想刺破天空一般。

苗大哥和他的狗，就坐在我旁边。没有比我大几岁的他，摸了摸口袋，却掏出来了一盒火柴和一包廉价的烟，点上了一支。

"唰——"火柴被划着了。他的鼻梁直挺，火光下，映着一张黝黑却略显稚嫩的脸。手上几处起了死皮的老茧，映射着他过往的经历……点上烟，他先背对着我深吸了一口。吞云吐雾一阵后，却又赶忙舞动胳膊扇走了空气中的烟。

他没说什么，只是冲我笑了笑。

"老弟，喀喀，真呛。别学哥，烟这破玩意儿你一辈子也不要碰。你敢抽，哥能把你腿给你打断喽。"他笑着又吸了一口，又被呛到了……

他农村出身，大学没考上，考了个大专。我在回老家的路上听亲戚说，他下地种过菜，棚里养过牛，啥苦都吃过，但都没干出名堂来。

第一次见他的时候，还是在东北老家。那时临近秋天，大早上六七点钟，天蒙蒙亮，空气里弥漫着一股寒意。他似乎特意地打扮了一下。廉价的粗布衬衫，塑料质感的外套，带着几个破洞的牛仔裤，一双发暗的皮鞋，看起来稍微打理了一下却乱糟糟的头发……

我以为那是流行的"杀马特"风范，后来才知道，原来乡里的服装市场物价虽低，但也是一分钱一分货。

他父亲也不比他好多少，穿着一件洗得掉色的旧大衣，头发乱蓬蓬的，也没刮胡子……

我在窗里看到这一番场景，我也没出去，没去打招呼。

直到吃饭的时候才简单认识了一下。

他姓田，叫苗壮。我叫他苗大哥。他似乎不善言辞，在饭桌上也没说几句话。等到了我妈问他什么学历的时候，他才搭上一句。

"大专。"

桌上的人开始纷纷议论起来，我大概听懂了，他们爷俩是想来找我妈说说工作的事，他也老大不小了，该是找个正式工作的年纪了。

我看到他嘴角抽动了几下，似乎是想说些什么，但终究还是一句话也没有说。

我妈这时也犯了难，一时想不到大专毕业能有什么好出路。

"当兵吧，娃自己说了，说他能吃苦，想当兵。"苗大哥的父亲冷不丁地插了一句。

"当兵哦。能当什么兵，现在当兵老难了。"我大舅对着苗大哥的父亲轻描淡写地说了几句，点上一支中华烟，抽了一口。

"钱……"苗大哥的父亲涨红了脸，"钱不是问题！"

"不是，田大哥，你把我们都想得太俗了，都是一家人，不是钱不钱的事情，只是这个当兵啊……太难。"我大舅似乎受到了什么侮辱一样，拍了一下桌子，语速也跟着加快了。

我低头默默吃饭，忽然看到苗大哥一直低着头却不吃饭，我象征性地提了一句，"吃啊哥，别不吃饭啊"。

他好像受了什么惊吓一样，有些惊慌失措，"嗯……老弟你快吃，多吃些，你看你瘦的"。

我妈也提醒苗大哥他父亲吃饭。

"啊？嗯……小辉，咱都是一家人，我到了你们这里怎么会装假呢？来来来，吃吃吃。"他说着，又举起了酒瓶喝了一口。

我好像不知道发生了什么一般，只是低着头，吃着饭。桌上的大人议论纷纷，都对着他指指点点的。

小半天很快就过去了，众人还是没聊出个头绪来，只得纷纷在沙发和炕上各自找个座位坐下，歇息一会儿。

他的头低得总是很低，很低很低的。

大人在屋子里喝茶，我闲着没事想出去遛遛，便拿了钥匙，骑上了三轮车，可刚出院门口我就遇上了他。

他看到我，赶忙把烟掐了，蹲在地上的他站了起来。

"老弟，这要上哪里去啊？"

"去中兴！买点儿东西，哥，要不咱俩一块儿？"

"啊，不了不了，快去吧老弟。"

那天的太阳晃晃荡荡地爬起，又落向了西。一个少年骑着三轮车驶向日落，他的阴影里仿佛也映着另一个少年，一个比他大得多的少年。

那天我在东沟子里闲逛，三轮车奔驰着、飞扬着，轻盈得像只鸟儿一样。

我很早就从中兴回来了，买了一点儿零食给妹妹，还买了两瓶饮料。哦，对了，还有一包烟。

"哥，这是给你的。"

"老弟你抽烟？"

"我不抽，我爸经常抽，我看他喜欢抽这个，就给你带了一包。"

"好好好，不抽烟是好事。"他接过那包烟，顿了一下，似乎很震惊的样子。

"软中华？"

"对呀。"

"多少钱？"

"不知道。"

"老弟，这钱不能让你花！"

"咱俩还你的我的？"

他沉默了一阵，随后像下定了某种决心："谢谢老弟。"

"太客气啦，哥。"

我们俩不约而同地发出一阵大笑。

直到黄昏时分，他们一老一小才准备动身回家。从里屋到大门这段路程，走了好久，他们才走了出去。

待到我们送完他们回来收拾桌子的时候，忽然发现，盘子底下压着一个信封。而那个信封里，赫然装着一万块钱。

我忽然想起他跟我道别的话："走啦老弟，好好学习。"

虽时隔多年，可我怎么也忘不了他那声"谢谢"和一万块钱。

还有众人议论纷纷的那句——"难搞啊"。

静夜思

　　我不知说些什么，那天静夜皎月，仅我一人独酌，自己一人细细思量……

　　几多彷徨，几多惆怅，玉樽杯盏，盛满月光。我举杯坐在窗边，头不知为何垂下，想张口说些什么，提笔写下些什么。但……话到了嘴边便成了呢喃，化作了飞舞的流萤。我想诉苦！我想倾愁！可谁又能与我相通？何人懂我？

　　"此处一切安好，莫要惦念，莫要牵挂。"我缓缓提笔，任由纸张肆意歪斜。

　　为何啊，为何我如此违心？为何要如此这般，如此矛盾？

　　我想起来笺上最后一句话。

　　"心儿思你，为母甚是牵挂，若有时间，回家看看。"

　　回家？回乡？我多久未回去了？多久了？

在那骄阳烈日的三伏，伏至案前，为押一次韵而绞尽脑汁；在凛冬寒夜的三九，为求得一字而潸然泪下……这一切的一切，只为离开那里！因为我心属远方！我猛地抬头！猛地抬手！

我笑了……一滴泪下。

手中的酒，也便让它敬天、敬地、敬远方去吧！

我眺望着远方，看着那明月，缓缓饮酒。直到……那凝望冻成了白霜。

我不知今日是思念故乡，还是怀念那一段时光。

雎鸠

雎鸠鸟或许还在叫吧，又或许不叫了。

道不清说不明的情愫困在心中。看着她，就远远地望着她，心里不知从哪里来了份失落。不，或许是她的心吧！或许……或许那里早就有人占上了。想到这里，不知不觉有些恼。

我不可能去打扰她的，我也是从时间的长河匆匆流过，随手一拨水，却没有留下波纹。

我掬起那好似月光、如透如亮的长河之水，却见那倒影现出了她的模样。

长长的，时间的河，长长的，思念的河。我心中念着她，脑中想着她，你叫我怎么，你叫我怎么不思那眸？怎的不唱那悠转的歌？心中的呢喃早已变成呐喊……

倾其所有，仅剩那静谧夜幕中的星芒。看着星芒，忽而晚风吹过，好似在远处对上了她的目光。回味起来，只记得，那时的心跳，占据了整个心房。

如梦如幻，似真似假。她就在我的身旁，欢喜依人，琴瑟和鸣。只待得天地只剩我们，比翼双飞，连理枝结。忽而白发添头，佳人依旧，我知道我早已与她白头相守。

睁开眼，我只记住了她的面容婉柔。

"关关雎鸠，在河之洲。窈窕淑女，君子好逑。"

藏不住的绽放

童话里的故事，就像映在现实中的海市蜃楼，让人心驰神往，却又触之不及。

走在街上，我看到一辆马车奔驰而来，伴着绽开的烟火，踏着春风，踏着欢歌，踏着人间的浪漫，飞速驶来。我望到那天上飘过了玫瑰花瓣，船儿把星星装进夜灯里，去寻找最初的方向，去找寻散落人间的梦想。

暮色里，花儿在枝头歌唱，鸟儿枕在泥土旁。它的羽毛是那么绚丽，有的雍容华贵犹如山河点缀，有的清秀玲珑犹如皎月落水。

我去望那栽在路边的青树。叶子从那光簇中淅沥地飘下，飘到那光斑从前落下的地方。马路上涌起了海市蜃楼，夕阳散发着柔和的光芒，像轻纱一样。星星嵌在地上，月亮挂在墙上，我抬眼望去，四周的人儿带着澄澈的希望。时间的指针在转动，星星从地平线升起，飘浮到空中，照耀着前方。

有人拾起了一根火柴，有人穿上了水晶鞋，在那猎枪旁边，还有人披上了红装。士兵枪口上插上了雏菊。黄昏啊，铺在路边；夕阳，挂在天上。

"我想在黄昏上写上一封信。"

枕在云彩上，藏在玫瑰的花期里，那一封信随着岁月飘扬着，然后被寄出去。

四季伴着朝暮莅临。春的暖，夏的蝉鸣，身旁的人儿啊，像春风一样可羡。

童话里，故事中，善恶终有报。

我不止一次仰望星空。

"月遇从云，花遇和风。"

今天晚上的夜空很美。

我又想你。

海

从前世开始，我就在寻找你的踪迹。

湛蓝，黛青，海还是那么晶莹。

只是望着你的发丝，望着晨光里的发丝，望着你的眼眸，让我痛彻心扉。

冰凉的水冲刷在沙滩上，退回去的时候，不知它究竟掠走了我回忆里的什么东西。

刻在心上的声音，经历了上万年的故事……我就是为了聆听而来到这里。

那光辉，数不清穿越了几次银河。数不清了，数不清它跨越了多少万亿光年，才与你邂逅在时光的尽头，成了你身上的尘埃。

我一直在寻找，循着繁华与喧嚣，循着你的眼泪，我找到了这里。可你为什么，为什么那么易碎？我曾亲眼见过你掀起滔天巨浪，可你为什么对我如此温柔，用平静来回应我，不肯对上我的视线。

你支离破碎在那湖泊中、河流中。

就算你化为了乌有，我也不会迷茫，我会从头开始寻找。好在，这种事情没有发生。

跪在你的面前，双手掬起你的碎片……我该如何小心翼翼紧握住你的手？太平静了，太唯美了，我不敢相信这是现实。承认吧，给我一个肯定，这是一个幻境，一个醒不来的幻境，是最后的沉睡，是永恒的安息。

在这风平浪静之中，仿佛只有黄昏在缓缓地流逝……

面对你的笑容，你的逞强，你的雀跃，还有此时的波澜不惊，我能做些什么呢？

浪来，浪去，仿佛卷走了情动。

无数次地用言语呼唤着你，挽留着你。今日，向着海浪，再一次祈祷那一份不属于我的痛苦序章。

身边还是响起了末班车的声音。就在车笛尖叫时，呼吸骤然停滞，黑夜藏住了最后那一抹夕阳，光，那快要消逝的光芒，一定要留存在心中。

时至今日，我仍能想起那天所眺望的海岸，在沙滩上刻下的话语和你的背影。

北国

夜深人静的时候，或是并不喧嚣的清晨，总有些场景似曾相识，又让人迷茫。

被闹钟铃声吓了一跳，一早醒来，我看着外面白茫茫的一片，心中却多了份习以为常。

"那老翁又在独自垂钓那寒江上的雪了。"我自顾自地打趣道。

又要启程了，脸要洗，牙要刷，刚下楼走到门边，却被那楼下发黄的镜子"叫"住了。小的时候，我也曾站在这里。

只是那时，热血与希望映在眼中，还未隐去的繁星和皎月缀在身边。发黄的镜子和照片还记得我吗？离开这里的时候，我似乎还是一个稚气未脱的小娃子呢……

行走在积雪之中，汽车的鸣笛声，耀眼的彩灯，减价的广告，毫无保留地向汹涌的人潮和都市兜售着来自二十一世纪迷人的繁华。

雪，倒没有卷入这场交易之中，只是在快节奏的生活中独善其身，可这种情况持续不了多久，它便会被苏醒的生活踩在脚下，化成一摊污水。

挺可悲的，我想。

走得越远，雪也跟得越远。可就在停下来的时候，一切都不复存在了。

人潮，灯，城市，全部哑去。在一片全白的世界里，我被白光晃得有点儿发昏。时间停了，一切都静止了，我茫然地伸出手去，怎么？摸到的不是墙，寒气吸附在指尖上，放肆地抢夺着热量，我愕然地缩回手指，转头狂奔，可好巧不巧，我忽然感到浑身无力，重重地栽了下去。

我眼前猛地闪过那穿着单衣的中年男子失魂落魄地推着自行车的模样，那略显消瘦的妻儿蜷缩在与冰天雪地差不多的屋内的模样；猛地闪过油田上无数人挥洒汗水的模样；猛地闪过……

倒下的一瞬间，一切又回来了，回到了一个熟悉的房间，熟悉的家，那里有木质结构的老屋，屋里大家都围坐在一块儿。

只记得那是人最齐的一个年。我第一次听老一辈讲述过去的故事。

东北呵——东北。

"一切只是一场幻觉!"我不得不再次提醒我自己。

啪的一声,远方传来的鞭炮的响声,把我拉回了现实。

是雪啊!那一年,那一天也飘着雪。多少年了……

人来人往,月缺月圆,冬日里的雪花飘在那里;斗转星移,物是人非,春天里的万物长在那里。

冬天来了,春天还会远吗?

雪化了,可是春雨会迟到吗?

愿我的家乡,总有一天,可以告别那无边无尽的冬日。

烟火

　　绿叶绕在盛夏上，盛夏在低吟，梧桐树哼着歌，不经意间，却被风铃打断了。

　　曾有人问我烟火是什么样的，提起这个，眼泪再一次湿了枕头。很抱歉，我不能告诉你烟火是什么样的，如果烟火有形，那一定绽在了你的流年里；若烟火无样，那一定绽在了你的心底，是人是物你自己应知晓。

　　烟火绽放在夜空里，是那么的迷人。夜先生与烟小姐的起舞，让人捉摸不定，却始终流露着一股动人的美感。

　　烟火在绽放之前，小巷里总是那么热闹。结束了白天喧嚣的天空戴上了眼罩，广场摸着自己光滑的肚皮，两三点星光好像可以让人触摸。

　　也许怕风景不够娇媚，偶尔巷子里也亮起几束明艳的"樱花"，只是这令人惊喜的一绽，还不够为车道镶一条花边。

人是结伴的，但不成群。

"东风夜放花千树。更吹落，星如雨。宝马雕车香满路。凤箫声动，玉壶光转，一夜鱼龙舞。"

这些句子的大概意思早已忘却了，但诗人的名字依旧记得清楚。

"怕空欢喜一场啊！"我自言自语了一句。

转角处的钢琴还在演奏，琴键缀在演奏者的身边，奔放和优雅交织在乐符里，让人沉醉。

升空的烟花啪的一声绽放了，银河仿佛下凡入了人间，玉笛与杨柳在一起相拥，烟火洒向大地，花开月不圆，楼台站在水边。

月光奔向了大地，沁人心脾，好似让人心安的茉莉味开始扩散，成片的烟火开始下落，如同娟秀的长发一般。又是两朵小烟花紧跟着绽开，像空旷的夜空里露出的两个小酒窝。

"蛾儿雪柳黄金缕，笑语盈盈暗香去。众里寻他千百度，蓦然回首，那人却在，灯火阑珊处。"

"还真是这样。"我远远地望着一个熟悉的人被人潮裹挟着走远。

"不过去问问了？"我的朋友这么问我。

"不去了。"

那一天，终于明白，烟火，绽在了心底……
手中的笔沙沙作响，写下了自认为正确的答案。
"我惊羡于人间烟火花，偏偏走不到月圆。"
只是你成了红豆，我成了相思罢了。
没什么大不了的。

少年

这是一篇语言较为破碎的文章。

你是年少的欢喜，总是万丈高光。

"年少"和"少年"这两个词很有深意，年少能散尽轻狂，少年有满身的晨光。

少年有时很含蓄，支支吾吾，小心翼翼，两三言后，便红了耳根。

他明明知道躲不过春风的轻笑，但偏要与其撞个满怀。嘴里还嘀咕着"只是好感而已"。

可他藏不住那小鹿蹄声的招摇。

灯火的橙黄，笑着日落的彷徨，少年的懵懂、轻狂，赛不过骨子里所蕴含的朝阳。

少年是时光始料不及的心动，是岁月宛若游龙的惊鸿。

哪怕时间过得很快。

善良，正义，勇敢，都是他与生俱来的，是时间所消磨不了的。无论是谁，在这个年纪，"意气风发"都成了代名词。少年是不畏彼岸的光，少年是荧光之中的海风，少年是河山赶路的风尘，少年是贩卖日落的晴空。

少年，是永恒的心动。

枯枝和绿叶，或许永远都不能在一起。少年始终相信善恶有报，可童话与现实不同，少年仍愿当那一盏明灯，但能否得到回报，我们无从得知。

少年或许是热烈的，就好似那气泡水，打开前有普普通通的平静和神神秘秘的未知，但是一旦拧开，一股子兴奋、快乐、激动全部迸发了出来。少年总能在一瞬间拨乱你的心弦，大胆的态度可以让你不知所措，正如汽水可以让人神清气爽一样。但别忘了，汽水也可以选口味的哦：可盐可甜，温柔或凛冽，气盛但不凌人。

花有重开日，人无再少年。

凡是属于你的年少，都是跨越了人间山河仅忠于你的人间烟火。

你自有答案。

春天

你认识春天吗？如果你认识，那咱俩就是老相识了。

偶尔翻起几片绿叶，拂过几条柳枝，春总是那么调皮，无忧无虑的。每到这个时候，我总会笑着喊她。

"怎么？那么好奇干吗？又不是没来过。"

她没有在意，跑到了我身旁的风铃之间，还向我动了动身子。后来，每当风铃一动，我就知道春来了。只不过那个小家伙一进门，风铃也会跟着响。

有时她也会躲在书桌前的那盏台灯里，藏在故事中，故事有时喜，有时悲，她也跟着喜或悲，傻得可爱。还有的时候哭得无法自拔，她便同我一起阅读，感受世间的爱恨情仇。每当我翻开书的时候，她就凑过来，坐在我身旁，身上发着光，同微风一起轻笑。春总是那么无忧无虑的，哪里有山岳，哪里有岁月，春就长在哪里；哪里有莺飞，哪里有草长，春就生在哪里。

我跟春的故事不多，只是岁岁年年的相伴罢了。这小家伙自己活得倒是糊涂，每每看到疾苦，便情不能自已地哭。她很是不理解，为什么自己哭，别人却在欢笑呢？我没有告诉她，可能我也不知道什么时候，自己的悲伤成全了别人。

"人总是善变的。"她说着，就好像她懂了似的。

春没有喧闹，"静谧"成了她的好伙伴。我在以前的时候，过度在意别人的目光，或许是因为自己没感受过温柔，却总想着为别人撑把伞。可一个凡人怎可以包容尘世的一切纷扰？倾盆大雨冲刷在我的身上，自己的信念一次又一次地受到冲击，无助抓住了我的软肋……

"真的绝望了？"

每当我情涌难断的时候，春总是陪在我的身旁，她就像没有赶上日落的一束光，让我的世界充满朝阳。光是沉静的、高雅的，是众生的声响，是古韵的霞光。而春的性子，就像中秋圆月下的醉梨秋酿，花火云霄中的华灯初上。

"近水楼台先得月，向阳花木易逢春。"

只是一束花木，却想在身上映下春光，这好像可能，但又似不现实。

每一次的相伴，你都能将我从深渊中拉出。

与我最亲近的人中，除了我的亲人，就只剩你了吧，我的朋友，我的春天。

第 2 章

今生的佳期如梦
——细语平常

瓶中幽泉冷滴石，安知我相思？
每句第一字连读，
这也便是结尾的话了。

中国

我始终记得，那人将枪放在嘴里的时候，他脸上写满了绝望。

在南京街头，车水马龙的景象映衬着几个年轻人的高谈阔论。

"优雅早就刻在了骨子里。"这是我旁边那个人对我亲口说的话。"是的，那几个人的动作都挺有礼貌的。"我有一搭没一搭地回了一句。

一阵风轻轻地吹过，几座古建筑屋檐下的风铃叮当作响。"他们是中国人吧？"我的同伴冷不丁地来了一句。"那怎么了，咱们管好自己就好了。"我在一旁看着，摸了一下旁边的纪念碑，上面赫然写着："南京大屠杀。"

风儿依旧喧嚣，我告别了我的朋友，失魂落魄地跟着人群行进。

我突然看到一个穿着旧军装的人跌跌撞撞地跑过来。

"老乡，老乡，这是哪里啊？"

还未等我说话，他突然瞪大了眼睛，挥舞着双臂，颤颤巍巍地从胸前抖搂出一条残破的纸巾，从身上的流血处蘸了两下，刚写下一笔，他抬起了头，仿佛在确认什么似的。

随后，他写上了几个大字，哆哆嗦嗦地把纸巾递给了我。

我站在原地，不知道是不是被吓傻了，一步也挪不开，就像妖怪遇上了照妖镜一样。

"老乡，俺也不识字，就会写这俩字，老乡，老乡，俺问一下，这里是我写的地方吗？"

我定睛一看，上面只写了两个大字：中国。

我不知道是不是因为这几天睡晚了，看到这两个字我心窝居然有一些发疼。我赶忙捂着心窝，那个人看到我这副模样，赶忙扶住我。

"老乡，老乡，咋了？啊？"

"您是从哪里来的？"

"老乡，老乡，我是守南京的啊！"

"我跟你讲，当时有个小鬼子的大铁瘤子就落我旁边了，我再一睁眼就到这里来了。"他说到这里，突然停顿了一下。

"老乡，我这是到了小鬼子家里了？"

"不，这里是南京。"

我话音刚落，他瞪大了眼睛，张嘴好像要说些什么，最后只憋出了一句话："老乡，您这不是和我开玩笑嘛！"

"您别不信。"

我把语音播报打开了："先生，您现在所处的位置是南京，希望您能享受我们为您所创造的异国风情，希望您玩得愉快。"

他一副被吓傻了的样子，伤口上的血还在向外渗着，恶臭味已经让我皱起了眉头。

他突然冲过来，死死抓着我的衣领，朝我怒吼，随后他跪在了地上，不停地磕着头，嘴里念叨着："没守住，对不起，我们没守住啊！"他嘶吼着，不停地捶打自己的胸膛……

他或许是累了，他慢慢地摸向了腰间，突然拔出了一把手枪。我猛地冲上去阻止他，突然，我的时间就好像被放慢了一样，我清楚地看着他的嘴唇朝我说出了最后一句话。

"我恨啊……敌人……敌人在家里！"

砰！震耳欲聋的枪声响起。我扑空在了地上，脑袋不知道磕到了哪里，耳边传来的尖叫声很快就把我的思绪吞没了，我的视线逐渐模糊，随即又清晰，我看到好多衣衫褴

楼的人撕扯着我，眼前突然闪过那个纪念碑，我看到了它的
背面。

三十万！

出息

那天我早早离开了教室。

发着高烧，头略微有些痛。我迷迷糊糊的，似乎不知道自己是否真的病了。于是我便请了假，寻思着早些回家，然后好好地睡上一觉，过上不必再披星戴月的日子。

说来也很怪异，我这样正在上学的学生，又怎么会常常过上披星戴月的日子呢？

我自嘲地笑了笑，仰起头。请假条在兜里就像发烫了一般——真是诱人啊，只敢在幻想中去触碰的时光终于降临了。

我潦潦草草地收拾了书包，习惯性地问了一下同桌时间。

"近4点。"他答道。

"好像市里的孩子都快放学了。"

他扭头看向了窗外，顺便叫住了一个在窗子旁的同学，示意他把窗帘拉开。

窗边的同学猛地拉开窗帘，外面阳光灿烂，光束一下子打在靠窗的同学的脸上。

阴暗燥热的教室里猛地打进了一束光。

"谁拉的窗帘？晃死我了！"被照的那个同学几乎从座位上弹了起来，跺了跺脚，很大力地把窗帘重新拉上了。

"是啊，是啊，他们6点半……放学，我坐得太久了……咱们9点放学……"我同桌笑了一下，重新看向了我，顺便合上了桌上的语文书，伸了个懒腰。

"哦，对了，你们住宿生是不是还要住上两晚啊，得10点多才能放了吧？"

另一个哥们儿冷不丁拍了拍我的后背。

"啊哈……不过今天我生病了，不用住上两晚了。"

"你小子！让你请假了吗？"

"真服了，我也想回家。"

他们哈哈大笑起来，说着什么"羡慕死我了"之类的话。

我愣了一下，想着这个时间好像离放学还有很久。

但是很快，我就决定不想这些了。冬日的寒风在外面刮得凛冽，若是在教室里打开窗户，开着的门就会被猛地合上，声响大得吓人。屋内拉着窗帘，空调风机嗡嗡作响，不知是热的，还是乏的，下课后的教室内所有人竟然不约而同地昏昏欲睡。

教室里就好像没人，死一般的沉寂。

我决定打杯水再走。

一想到马上就可以如得到救赎一般走出大门，一股自由的渴望猛地占据了我的心头。渴望在柏油马路上肆意地奔走，放肆地呐喊，和一帮志同道合的朋友不加掩饰地调侃。渴望寻星，渴望追月，渴望在荒原种下玫瑰，又渴望心中的荒原被人打理。

"幻想个屁啊，该学习还得学习，写文章又不加分。"我耳边又响起了长辈们说的话。

我跌跌撞撞地从水房回到教室，路上不断想着我到底该成为怎样的人。

"我应当好好学习，考个好大学，有个好工作，孝敬父母……买房子……买车子……有一个自己的孩子……"

"不……我不该请假的，我应该坚持坚持，再上几节课……毕竟那是知识。"

"不……不对，我的人生应该被自己支配。"

"你那是没出息！"

…………

我似乎想得太多了，脑袋里就像有两个小人在打架。

少年的心似乎就是那疯狂生长的血肉，妄图掩盖住世俗的欲望。那躬耕的希望和理想，也会时不时地与罪恶念头搏杀。

"学习为了什么？"

"烧糊涂了。"我胡乱地嘟囔了一句，然后披上羽绒服，扣上帽子，背起书包，匆匆赶到宿舍背起行囊。

该如何定义"幸福"？

或许，这只是一个过程，痛苦并快乐着，但我相信，我们的未来一定是快乐的，一定会逐渐远离痛苦。

暖和

多少日了，她还在冬日里无眠。

东北的隆冬总是过早而至，有时只需一场厚雪，整个天便在余日里冷酷得不成样子。体弱的我向来是不适应这天气的。我只得窝在屋中，望着在屋外雀跃的孩子们，他们虽仅与我相隔几米，但这段距离，却那么遥不可及。

几颗疏星伴着寒鸦一起栖在门前的老槐树上，彼时炊烟四起，屋外是不知疲倦的喧闹。而我被下了禁足令——我并没有一条像样的棉裤，让我在冬日里免受那伤寒之苦，那棉裤不是薄就是短。

从那时起，失眠拖住了我，拼命地想让我坠入它的"温柔乡"。可我沉沦在此后，才体会到长夜漫漫有多荒凉。我只得穿上衣物，披着旧军大衣匆忙下床，想烤烤炉子，看看月亮。

"娃儿，又醒咧？"

"嗯，没啥事。"外屋的炉子里迸溅着火光，映着她皱纹遍布的面庞。她微眯着眼，低下头，手上的线一穿，一过，一纳，一收，仿佛想把烟火气与暖和，纳在她手上的针线活里。

"你呀，不要老是在早上睡觉，多与朋友聊聊，耍耍……"她忽然闭上了嘴，仿佛猜透了我失眠的原因，心事在她面前好像怎么也瞒不住。

此后，我常常坐在她身边，她絮叨着开导我，聊一些琐事，讲一些故事。炉火似乎与她融在了一起，在我心中升起一轮朝阳。冬日的寒风，仿佛被她阻隔开来了。

她从未提起过她手上的针线活。

起身的时候，她总是扶住我与墙面，摇摇晃晃地站起。腰几乎是弯到了九十度，她也曾尝试过直立，却次次以失败告终。

某日清晨，她早早地将我叫醒，七手八脚地为我套上棉裤，我惺忪着感受着不紧不宽的合身衣物，她笑了，笑着问我是否暖和，我几乎惊喜得说不出话来，她又拍拍我的肩膀。

"有啥事儿与姥姥说，甭搁心里憋着……"她布满血丝的双眸，紧紧盯着我，佝偻着腰送我出门。

我在田野里肆意地奔跑着，飞扬着，呼出白汽任凭冬日冷酷。

　　那天，天空湛蓝，天气尤其寒冷，而我却感受不到。

　　这冬日，仿佛格外暖和。

月色

在我失去感情的这段时间里，我的文章只剩下了华丽的辞藻。

忽而在今夜想起了你，也想起了曾经的自己。

我曾无数次恳求自己的内心，恳求自己的时间再慢些，再慢些。可是倒计时的嘀嗒声还是响了起来。

好啦，不把那些悲观的字句写给你啦。啊？你非要听吗？我还是觉得不讲给你比较好，写一写风花雪月，治愈你，也治愈我。

在北方的白山黑水间，空气中好像凝结了一层白霜，人都说月不太冷，可是你伸手去碰，碎玉声会骤然响起。

让人不易知晓，是月冷了，天冷了，还是思绪渐凉，睹物思人罢了。

雪微撒，银装裹虹，冰饰眉蝶。

雪微微散落，如天女散花。万物银装素裹，远远望去，天边那一抹霞不知不觉也被冻住。冰晶依稀挂在旁人的眉毛上，像是北国独有的饰品，又像是那蝴蝶的薄翼淡淡地挂在眉梢，等着洒满春天的露水……

我想带你见见那个东北，我心中的，刚强却柔情、硬朗却浪漫的东北。

夜已深，忙着框住星河，不知不觉在零下二十多摄氏度的天气里待了两刻之久。你说我是不是光顾着浪漫，忘记了照顾自己？

我真是傻。

我似乎有些分不清幻境和现实了。

所有人好像都在用心生活，可是有谁真正用心了呢？

生活似乎就是我的心，是我创作的地方，我的荒诞、自由、善良的所在之处。我毫不犹豫地跨过了现实与虚幻之间的门槛，换来的却是虚无和无尽的内耗。

愿你永远不懂文学，永远不动笔。

哎呀，又跑偏了。

我不会安慰人，也不太会共情了，我好像弄丢了自己的情感，但是作为朋友，我还是希望你可以平平安安的，身体健康。

瓶中幽泉冷滴石，安知我相思？

每句第一字连读，这也便是结尾的话了。

无名之辈

或许，只有经历过战火的洗礼，才知道盛世的可贵。

在年少时期，最想念的，便是远在他乡的亲人。我不记得是什么时候了，只记得那是一个夏天，我坐上了开往故乡的绿皮火车。车，很慢，很慢。我的思绪也被拉向了远方，飘得很长，很长……

在那路上，我见证了一场时光流转，一场倒叙，从城市到农村的倒叙。

下了车，辗转多时，坐上了开往村子的大巴。我依稀记得，故乡的土地，地里有成片的苞米秆，有秸秆堆成的黄草垛，有红房子，有白瓦砖，上面还刷着"为人民服务"的红色大字。

下了车，没有迎接我的一碗热腾腾的热汤面了。姥姥、姥爷下地操劳，没有回到村里。家里剩下了我，和一个坐在炕头的老人。

深蓝色的中山装，口袋上不知打了几个补丁。两鬓的白霜镶嵌着岁月的痕迹。一副拐，和一顶似乎永远没摘下的红星帽。一套衣服总是被洗得发白，仿佛每次回家他总是一个模样。

"太姥爷——"声音回荡在木顶房里，但没有人应答。他背对着我，直愣愣地盯着墙上的照片。

"太姥爷！"我大声喊道。

"唉——"一种混合着多种口音的嘶哑的声音从他口中传出。

他随即惊喜地转了身，微微抬起了头，眯着眼睛细细打量着我，突然身子后倾，叫着："明博呵！"随即在炕上抬起了手，盘着仅剩的一条腿，用急切、焦急、炽热的眼神望着我，涨红了脸，但好像有满肚子的话无从讲起，最后只能呢喃道："娃子，最近学到啥咧？"

"嚯！俺们可是学了《反对党八股》，那可是毛主席写的！要不……俺给你念念？"

"好哇，好哇！"

他每到听读书的时候，总是笑着，把头凑过来，瞪大眼睛，把手放在耳朵旁边，时不时"啊——啊——"两声，而后又眯着眼，斜靠着旁边的一个拐，撩起裤脚上的布料，挥挥手掸掸，盯着那早已不存在的腿，或者上手扶正那一顶破旧的红星帽，又或者死死盯着我的课本，仿佛要把它吃进嘴里，烂在肚里……

每每疯玩一整天，从后院回来的时候，我总是会看到他正背对着我，坐在门口的花坛上，映着残阳，揣着霞光。

真应了毛主席的那句诗。

"从头越，苍山如海，残阳如血。"

一边是一个稚气未脱、意气风发的少年；另一边像是志在千里、壮心不已的老骥。

时代的对撞、交融、传承仿佛就在此时此刻开始。

…………

又过了两年，当我再回到东北的时候，他总是与我絮叨："娃呀，你太姥姥还在的时候，就说你是个好娃，莫是个孬娃。你说，还有人记得俺们这些……这些……算了……"他长叹了一声。

"以后啊，去当兵，参军报国，干大事！"

每当他说起这个的时候，他的眼睛里似乎有光，闪着那孩童双眸都不具备的澄澈。说话带有一点儿嘶哑与模糊的口音，次次都这样。说到最后，他好像不知道该说什么了，只是闷着个头，呢喃着，嘀咕着，独自望着窗外。

后来，当我再也见不到他的时候，我才意识到，这窗外的盛世的繁华，对于一个老兵而言，吸引是有多大……

他曾与我诉说，他这辈子最大的愿望，就是再去看看天安门。

可事与愿违，他终是安详地走了，在春风里，去与他的战友团聚了。

作为一名老战士，他始终任劳任怨，不叫苦也不叫累，默默无闻地散发自己的余温，散播一名战士的"青春"。

我很遗憾，很愧疚，没能让他享福、享受。但他跟我讲过，能在这片土地上，他，满足了。

小时候的我问了一个不该问的问题，我天真地问我太姥爷他的腿去哪里了。

就在那天，他仿佛格外的严肃。

"娃啊，有个大铁瘤子，落俺身边哩，就轰的一下，俺就发现俺动不了了，那边的同志叫俺，俺也听不清了，抓起旁边的枪，想起来，却起不来了。低头一看，唉，两条腿没的了！"

后来我问他：疼吗？那天下午，阳光再一次透过窗户，照在了他那顶旧帽子的红星上。他摸着我的头，缓缓地吐出了一句话。

"疼个头头！"

他爽朗地大笑起来。

此时此刻，我坐在书桌前面，脸上泪痕遍布。我茫然地捶打了一下墙壁，但是，碰到的不是白粉子底的墙面，而是那斑驳无比、弹坑无数、血旧锈残的铁盔。

我不禁想起朱德同志《回忆我的母亲》里面的一段话。

"我将继续尽忠于我们的民族和人民，尽忠于我们的民族和人民的希望——中国共产党，使和母亲同样生活着的人能够过快乐的生活。这是我能做到的，一定能做到的。"

不以物喜，不以己悲，我相信太姥爷晚年做到了，他是一位英雄，一位平凡英雄。

我不晓得还有多少先辈仍默默无闻。

但是，只要我们记得你们，你们就永远活着！

永远地活在我们心中，永远活在我们身边。

"我们将永远记住您。"

"这盛世的繁华，如您所愿。"

我读懂了她

　　我与太姥姥早已阴阳两隔多年，最不能忘记的便是她对我的爱，与她那为了我而不顾自己的身影。

　　参加完太姥姥的葬礼，我久久不能释怀。当时虽然年幼，但能牢牢地记得太姥姥对我的关爱，便把自己反锁屋中。我的母亲红着眼圈对我讲"人死不能复生"，她话音未落，往事涌上心头，我泪如泉涌。

　　第一次回太姥姥家时，刚下火车，一行人当即吃上了黄澄澄的油面。我叫妈妈喂我，旁人看我在那里左一戳右一插的，早已笑作一团。当时年幼，还不知"面子"为何物。一旁的一位身材壮实、比我高一头的男孩子叫道："北京来的城里人居然不会用筷子！"

　　总算把一碗面应付过去了，一位老人却把我叫住了。碎花布衫，满头白发，脸早已与皱纹融在了一起，但她却笑得那么慈祥，后来有人给我介绍，我才涩涩地叫了声："太姥姥——"

她并未多言，只是笑着，开始教我拿筷子。

"这样把中指放在筷子下，动你的食指，就能夹东西了。"

她抱着我，举着我的右手，托着我的胳膊，把筷子塞进我的手里，轻轻地一张一合，她还是没有说话，只是笑。

那笑里面的含义，直至她不在人世了，我才逐渐领会。

她好似在摆弄一件稀世珍宝，生怕把我弄坏了……

"不嘛，不是这样的，我弟教我说要用手握住筷子，用另一只手一开一合，这样多方便！"

她没有辩解，只是笑，手上重复着她教我的动作。我哭着跑到弟弟家，说："你的法子与我太姥姥的不一样啊！"却招来了一群小孩子的嘲笑。

我弟一把将我撞倒，耀武扬威似的对我喊道："瞅你那熊样，我骗你的还不知道？大傻子！"我哽住了，好长时间都没有说话，随后，起身，拍拍身上的泥，便回家了。

回到太姥姥家，太姥姥打量了我一番，看到我满身泥土又抽噎的样子，便一把将我拉入怀里，将我送进了梦乡……

当我醒来时，看到她举着拐杖，吃力地一举，一挥，追着我弟，在院子里奔跑。突然，前面跑的那个小子，往地上扔了块大石头，太姥姥一个没注意被绊倒了，重重地摔在了地上。"太姥姥！"我从屋中冲了出来，一边扶她起来，一边大叫着爸妈，直到大人们将我太姥姥背进屋里，我才发觉，我弟早就跑得没影了……看着躺在床上的太姥姥，肘处、腿部一片擦伤，她还是在对我笑，轻轻地说了一句："我把那臭小子打跑了，没事了，没事了……"我突然从这句话中读懂了些什么，爱，早就融入了这只言片语之中，爱是无声的，在你背后看不到的地方支撑起一片天地；爱是无言的，在你成长背后甘愿奉献，为你赴汤蹈火。我不忍看到这一幅画面，转过身去，拭掉了眼泪……

再一次来到太姥姥家时，发生了我做梦也梦不到的一幕。那天下午我刚要和邻居伙伴出去玩，太姥姥交代了我一件小事，忽然问我要不要喝花生奶。"要，当然要！""你回来我就给你喝！"与伙伴疯玩了多时，回到家，看到救护车停在了门前……

后来听别人说，太姥姥上车的时候手里还紧紧握着花生奶，到医院的时候，医生问她还想说点儿啥，谁也没有想到，她在人间最后一句话竟是："让明博喝上奶……"在那一瞬间，我突然理解了，爱，是关怀，是至死不忘的惦念！

时隔多年，我总是解不开那无限悲凉的心结，"树欲静而风不止，子欲养而亲不待"，这句话用在我身上似乎恰到好处。是啊，我还未尽到做重孙的责任，您却早已驾鹤西去，先前的四世同堂早已无迹可寻。

您还未曾留下些许照片，唯一可寻找的点滴，都在那回忆当中了。渴求时间别把回忆冲淡，渴求岁月不将亲情变乏，但愿那点滴琐事经得起时光的考验，别被忘记，别被忘记！

我永远忘不了那含蓄的爱与亲情，永远忘不了她的笑脸，这一去，阴阳两隔，人死不能复生，悲哉！

春日，鼻炎，老房子和以前

在这个我不曾有过好印象，但向往过无数次的季节里，以我的笔墨，写下我所经历的春天。

忽而，想起初中时写过的文段，便随手翻了翻。

"一把老旧的躺椅，上面载着岁月的痕迹，那小楼梯间的阴暗处，却没有留下我们的身形。火红的新房刷了又刷，掩盖不了我们童真的年华，玩伴早已不在，可时光藏不住回忆的疤。"

我不禁笑了起来，细细品味，却再也体会不到当时的情感，文倒是有些"为赋新词强说愁"的造作。

"应当是在犯鼻炎的时候写的吧。"我自言自语道。

谈起鼻炎，从小到大，它一直伴我左右。那春天里的芳草、鲜花，随风舞动的花海与远山……我都不曾真正见过。每每看到孩子们无忧无虑地踏青，肆意地挥洒生机与活力时，我就羡慕得不得了……

我不止一次从书中看过描绘春天、盼望春天的景象。书是黑白的，我也未曾真正见过独属于春天的色彩。再去想想以前，我父母曾给我讲过我那时候的事。那时，我有时难受得倒在床上打滚儿，最极端的一次，我猛地冲向厨房，扬言要把鼻子割掉而"一劳永逸"。现在听到那些事，顿感一阵后怕。若不是有父亲拦着，我不晓得在那种状态下会做出什么让我后悔一辈子的事。

我的春天，是黑白的。

我唯一见过的春，是我以前家的外围的那片小天地。

我在小学三年级之前，一直在北大旁边的家里住着，随后就搬到了芙蓉里那边。初中时又搬了回来。记忆里的春天，一直是伴着药味的，伴着不怎么明亮的灯光，和一本不符合我年龄的书，时间就这样被我打发过去了。

刚开始写散文的时候，好像也是在春天。在那年春天，读了很早写的一个文段，随便扩充了一下，第一篇文章就诞生了。从那时起，我的行文风格似乎就被定了下来。辞藻华丽，想象大胆且丰富，使我现在读起来也不禁要细细回味，似乎那句子中所蕴含的活力是我现在远不能及的。与其说我现在的字字句句回落质朴是我成熟的体现，倒不如说是少年气抛弃了我，那个独属于春天、独属于我们青春的时代，永远地死在了某个不知名的日子里，慢慢地腐烂、变臭。

我多么想从这里走出去，看看花开。

后来我遇上了很小很小的我。

那是在我独自回到老屋时，看着墙上的脚印、涂鸦……看着那些意义不明的形状，我不禁想伸手去触碰。

"不能在墙上乱涂乱画！"我脑中条件反射似的闪出了这句话。

陌生感忽然吞没了我，挣扎之中，我苦笑起来。这是我第一次意识到，我早已与以前，相隔了一条可悲的、无法逾越的鸿沟。

老屋子似乎对我感到疑惑：回来的是那个孩子吗？

是，又不是了。

我一直搞不懂什么是"爱"，这么纯粹的信念，映射在家庭里、亲人间，却是那么拧巴。就像我曾无数次地被警告不要在墙上乱涂乱画一样，但是我画了，被骂了，他们却也默许了。

明明会有更好的表达方式，明明不用……

小时候的我给现在的我上了一课，让我重新认清了现实。

窦娥冤（节选改）

声明：本文主要描写窦娥上刑场之前与被杀后的事情，若有改编不当之处，请多谅解，多多包涵。

"从后街走吧！求您了！"

"怎么？"刽子手冷声地回应着。

"我！我……若是从后街而走，我并无怨恨，便认了这是我的……命罢了。"

"那前街？"他心不在焉地搭上了一句话。

"不可！绝对不可！"她拼命摇着头，晃动着刑具，可人群并没有因此而停下半分，反而那些被撞到的人指指点点地骂了两句，又护着孩子或妻子向外围挤去了。

车队在前街与后街徘徊了好一会儿，后来有个身着官服的人出现，说什么"依了她吧，咱们要有仁心"，此事才算遂了窦娥的愿。

人们缓缓地向后街涌去。

远远望去，游行的人主要分两种，在店旁、在街旁的人为主要的一种，多由大人与小孩儿组成。当然，另一种人是游手好闲的人，他们有时议论纷纷，有时看热闹不嫌事大，还有的顺手拿起一两个土块或烂菜叶之类的东西往里抛去。就在此时，本就顽皮的孩子更是赛起了谁扔得准，可常常扔不到囚车那里，反倒是人群中被砸中的"幸运儿"总是摸不着头脑地骂起来，回头张望想找到谁是元凶。

看客们将车队围了个里三层外三层。最里面的大胆者莫过于一些色鬼了，人们推推攘攘的时候，他们就趁乱去够那窦娥的腿。有时碰到了一下，他们会猛地起哄，大笑着说一些下流的话，官吏们对此睁一只眼闭一只眼，任他们一通胡闹。

窦娥先是大声地呵斥，不断地躲避、踢打，后来开始呜咽。她仿佛不知道该说什么好了。

"你有家人吗？"刽子手不知是看她可怜，还是想狠狠地羞辱她，于是鬼使神差地问出了这句话。

"没有了，都走了，都没有了。"她眼神空洞，机械一般地应答着。

"父母呢？"

"父亲进京了，此后便再未见过。"

"可怜人必有可恨之处！"

"那你为何不上前街？"

"婆婆会看到。"

"那与你这个罪人何干？"

"你知道我犯了什么罪吗？"

"那还不好说……"

"官府说的，就一定是对的吗？"

她忽然激动起来！

"你以为我会像你们这群没良心的东西一样吗？婆婆她老人家年岁又高……"

"你也是假孝顺吧？装什么清高！青天白日之下杀了人认了罪还有冤？哪有此事啊？"

他不再看她，扭过头去了。

可一切都过去了，当她站在台上时，无人为她辩解，昔日好友一个个都翻了脸，有的人还在编关于她根本不存在的故事……

"我早就看她不老实。"

"我跟你讲，她上回……"

"真的假的？真是看错她了。"

叫骂与喊杀声彼此起伏。

她忽地醒悟了，原来想杀她的不仅仅是官吏，还有不明所以的民众，他们都是帮凶。

"天也不是天，地也不是地……我恨！我恨啊！"

"天地本身就是在不断地吃人。"

不觉早已过去多时，她忽而止住了泪。

"民女窦娥！还有什么话想说？"

"三年大旱！六月飞雪！你们这群狗东西！"

啪！一记巴掌甩在了她的脸上，打断了她将要说的话。

"妖言惑众！行刑！"没等她反应过来，刀已然落下。

一颗人头飞了出去。

她嘴还未合上，眼还未闭上，一具无头尸就这样突兀地矗立在刑场上，也没有六月飞霜，想必三年大旱也是空话。没人为她申冤，所谓的灵验、感动上天，怕是她临死前的幻想罢了。

她就这么死了，血溅得到处都是。

人群匆匆聚起，又匆匆散去。

事后，一个被捂住眼睛的孩童问大人

"爸爸，妈妈，为什么她的愿望没有实现呀？"

大人们沉思了一会儿，回答了这个天真的孩子。

"傻孩子，她的话要是成真了，咱们家会被饿死的。"

"临死前还不积嘴德。"

人们离去前的最后一句话是这么说的。

岁月如歌

直到我翻出那张以前父亲生日时的大红请帖，我才忽然意识到，老爷子的生日，似乎快到了。

哐啷！我随手把门关上，外屋那扇老旧的木门也跟着一块儿吱呀作响。

进到屋里，映入眼帘的还是那些熟悉的老物件：一台老式电视机，一块磨损的搓衣板，一台仍能播放的收音机，以及一部二十多年前的胶卷相机，还有那只暖水壶……它们花花绿绿地陈列在那些地方，仿佛在诉说着当年把它们买回家时的不易与艰辛。

"喀喀，幸亏早把他们二老送到城市里享福去了，这才能收拾收拾老屋。"边说边咳了两声，我被屋内弥漫的灰尘呛得有些喘不过气来。

房子是面积不算太大的小平房。我驾车开了三个多小时才赶到乡下。阳光微微透过窗，在室内打下一道道光痕。老式时钟的齿轮咯噔咯噔地扭动着。不得不说，老物件的质量真的不错。我把窗户打开，从车上取下抹布、塑料绳、袋子之类的，赶紧开始忙活起来。

旧日的时光浮现在眼前，就好像老爷子坐在藤椅上，扇着小扇，老太太戴着眼镜絮絮叨叨地钩起了毛线，毛衣针缓缓动着。

"收拾的都是些老古董了，打包几件二老喜欢的物件，早点儿回家也好。"

"该给老爷子添点儿新鲜玩意儿了。"我费力地站起身，一摞打包好的报纸被我放在了鞋架旁边。

我瞥了一眼挂在墙上的掉色的"绿黄"彩照，照片上女孩穿着婚纱，笑脸盈盈；而青年俊爽洒脱，浓眉大眼。真不晓得两碗大米饭是怎么让老爷子娶到这个娇婆娘的。

"可能是因为伶牙俐齿吧，毕竟两人都是知青。"我不知不觉露出了一丝微笑。走到门前，我看到大大小小的照片糊满了整面墙。家具虽然有些旧了，但还算结实耐用。我打开灯，灯光昏黄而温馨，电灯也是老式的带拉栓的那种。

"零线、火线都缠成毛线球了吧？"看着这样的场景，我自顾自地嘀咕道。

"今天就先收拾到这里。"

我一件一件地把要带的东西放进车的后备箱，随后扣上帽子，咣当一声关上了老爷子家沉重的铁门。用湿纸巾擦了一下手，便匆匆向家中赶去。

初秋的月亮早早挂在了天上，催促着街上的人儿快点儿回家。凉风钻进行人的怀里，似要随每一位行人回家。可着急回家的人，谁又会在意几缕凉风呢？

"她总是喜欢漂亮衣服，早就给她买好了，这几天加班，刚好赶上今天回家，给她一个惊喜。"我通过后视镜看了一眼放在后座上的一个小盒子。

车一路飞驰，很快就进了市区。

咔嗒，打开门锁。

"回来啦？"

"嗯？"她从客厅探出头来。

"你背着手干吗？"

我忽然把小盒子递到她面前。

"喏，给你的。"

她愣了一下，先是疑惑，后来脸上逐渐染上了红晕。

"哎呀！你又乱花钱……"她拿着衣服翻来翻去，这摸摸，那看看，俏红的脸上的笑容却骗不得人。

"你喜欢就不算乱花钱。"我把夹克衫挂在门口的衣架上，换上拖鞋，走进客厅。

"好啦，谢谢你咯，亲爱的。"她脸上还留有一丝红晕，从背后轻轻抱了我一下。

"可别说念叨这么久的衣服你不喜欢。"我笑嘻嘻地打趣道，转过身去抱紧了她。

"贫嘴。"她白了我一眼。她轻轻捶了我一下，从我怀里挣脱出来，拿根皮筋拢上了头发，转身朝着厨房走去。

"我去做饭了。"

"我等会儿去把地拖了，哦，对了，刚买的菜在客厅呢。"她轻轻一笑。

"你个傻子咧，刚刚结束工作不回来休息一下？"

"水果洗好了，就在客厅呢，亲爱的。看会儿电视等我把饭做好。"她转过头去，大步走向厨房。

"好！谢谢老婆！"

晚上，坐在沙发上，她枕着我的胳膊，嘀咕着明天想吃的饭菜。我手上拿着书，时不时插上一句。

"过些日子给爸爸办场寿宴，明天去买点儿东西准备一下吧。"我絮叨着，也把在老屋里发现的事情都跟她说了。

"好啊！好像很久没见爸爸妈妈了，好想他们啊！"她眼神里闪过一丝期待。

"你啊，真是的，也难怪他们疼你。"我敲了一下她的脑壳。

她眼里满是俏皮，吐吐舌头，赖在我身上，两个人闹成一团。

缓缓地，月影婆娑。床上的人儿很快进入了梦乡。

第二天一早，我们就出了门。一路上，她像个小孩子一样跑来跑去，没多久便买好了礼物，当然啦，也少不了她喜欢吃的小吃。每次她都说要减肥，可是总是管不住嘴……也怪我，谁叫我宠自己家老婆呢？

等到晚上回到家，我便开始打电话联系饭店。

"嗯，对对对，麻烦您再订一个蛋糕。"

"亲爱的，你在干吗？"我比了一个不要说话的手势，她便听话地在我一旁坐着。

"好啦，打完电话了。找我干什么？"我轻轻在她额头上落下一吻。

"别这样啦。"她略显害羞地推了我两下。

"什么时候的寿宴呀？"

"后天吧。"

"这么快呀？"

"是啊，他们一定会很高兴的。"

"还是你安排得周到。"

"那必须的。"我嘿嘿笑了两声，掐了一下她的小脸。

"去书房工作咯——"

"老公坏！"她装作略显生气地嘟起了小嘴。

"还掐我的脸！"

"你还掐！"

"哎呀！"

时间流逝得很快，转眼，日历已经往后翻了两页。

这两天，我们去找了我的爸妈一趟，跟他们说清楚了寿宴的事；又开车把她的爸妈载过来，一同安排在家里住着。

今天一早，我们便开车把双方爸妈都接到了饭店里，邀请的亲朋好友也陆陆续续地到了会客厅。

寿宴上，她与我一同献上寿礼，老爷子连连夸这姑娘眼大明亮，透着光似的，还拍拍我的背，说我有福气。

她羞红了脸，低下了头攥着衣角，与爸爸和妈妈聊家常。祝寿过后，我看着身边那依旧害羞的姑娘，不由得想起之前的一次约会。

那时她也是这么害羞。

那天，她穿着碎花布裙，慌慌张张地跑来，就这么闯入我的眼帘。

"嘿！我在这里。"我对着她挥了挥手。

"对不起，我迟到了。你等了很久了吧？"她微微低头，撩了撩头发，忽闪的睫毛扫在我的心尖上。好可爱，我有些慌神。

"该罚。"我俯身凑到她耳边轻声说道。

她先是愣了一下，随即唰的一下羞红了脸，手指紧紧攥着衣角。

"你你你你，你干什么！快去玩啦！"色厉内荏的模样像极了张牙舞爪的小猫。

"哈哈哈哈，没有啦，我也是刚来——"故意拉长的声音散在风中。

…………

那天光影格外好，我们一起逛了街，去了游乐园，还在湖畔散了步。

并肩，牵手，相拥。两人的距离越靠越近。

我时不时地转头看她。

"今天天气很好，不是吗？"

"嗯……"她长长的睫毛垂下来，双手死死地在衣角前攥着。

"你……你想干吗？"

"我可以吻你吗？"

我静静地看着她，月光下的她格外美丽，心中那有所冒犯的话不受控地脱口而出。

"啊！"她似乎受到了惊吓，灵动的眼睛内仿若盛着一汪泉水。随后，脸红到耳根的她轻轻点了点头。

美人美景怎可辜负。

我说得没错，那天的天气格外好，月光和路灯光交织在了一块儿，我和她的影子也交织在了一块儿。

她的手撑在我的胸口，脸早就红得不成样子，微微喘着气。

两人之间的爱的氛围愈来愈浓，我的心脏不受控得越跳越快。"就当作你迟到对我的补偿吧。"我匆匆撂下这句话以掩饰强烈的心跳。

暧昧的灯光伴着我们回去的路。影子被拉得很长——很长——

"喂喂喂，在想什么呢？"一个声音把我拉回现实。

我对着她笑了一下。

宴会上人声鼎沸，很快我就忙得顾及不暇，人们七嘴八舌地跟我左一句右一问地说着什么。

老爷子耳背，在大寿上常常逗得人前仰后合，让人笑得合不拢嘴。

连一旁一向沉默寡言的老妈都笑得眼底泛出了泪花。椅子好像也被逗乐了，吱呀吱呀地跟着笑起来。

一旁一个小伙子强忍住咧开的嘴角，悄悄地问我老妈。

"当年您老人家怎么跟伯父好上的啊？"

听到这话，另一个小伙子赶忙拍了一下他的肩膀。

"瞎说什么呢？"

谁知旁边的老爷子竟然听见了，忽然吹胡子瞪眼："当年可是老婆子倒追的我呢！"他声如洪钟，面色红润，头稍微地昂了起来，语气中满含骄傲和自豪。

"胡咧咧。"她白了老爷子一眼，随后开始赌气，抱着胸口一句话也不说。她的头也昂了起来,阳光透过窗子点在她眉目上。

老爷子细细打量了她两眼,嘴角咧过一丝笑意。

一个身披婚纱、头顶一朵红花的人映入人们眼帘——好一个新娘子!

一个身穿老式西服的男人悄悄推门而入。

"你!"

"嘘!"他把手指竖在嘴前。

他左翻右翻地从柜子里扒出一件红色的皮衣,亮丽的红色瞬间吸引了两人的眼球。

"这可是最时髦的!费了我好大力气呢!"

"哼,谁稀罕。"那娘子白了他一眼。

"这不是怕天气凉,前来送温暖了嘛。"他笑嘻嘻地说着,一下就把皮衣披在了她身上,顺手搂上了美人的肩膀。

"无事献殷勤,我呸。"她耳根一红,小声地吐出了这句话,但这话软绵绵的,哪有半分气势,不如说是情人间的呢喃。

"你说今天的桑塔纳轿车威风不?"

"才没有呢。"

"哦——"他轻轻碰了一下她的鼻尖。

"哎呀——俺家婆娘是最好看的!"

老爷子在寿宴上讲了他们结婚的事。小伙子小姑娘们听得入神，赶紧催促老爷子再讲一个。

老爷子哈哈大笑，转头讲起了他们俩咋认识的事……

"那年啊 —— 我们第一次相遇时，俺家文秀还梳着马尾辫呢……"

"明忠，这是文秀同志。给你介绍一下，文艺社是她一手操办起来的。以后文秀还要多多关照一下明忠。"

"嗯。"

"您好，文秀同志，我是刚被调过来的，我会努力学习，努力帮大家干活儿的。"

"好。"她脸上洋溢着微笑，挂着小小的眼镜，让人忍不住亲近。

等到邓老走后，文秀扑哧一下笑了出来。

"那么严肃干吗？好好干就好啦！"她拍拍他的肩膀。

"走啦，整理一下衣领，等会跟我去剧社。"她轻轻地笑了一下，转头背起手，慢慢地向前走去。

"哦哦，好的。"他赶忙跟上。

"讲的什么啊，我来我来，老爷子你这记性太差了。"老妈在老爸讲完一个故事的时候，赶紧抢过了话头。

"好好好！你来你来。"他把身子往椅子上一靠，眯着眼认真听了起来。

"还记得那年夏天啊，老热老热了……"

"明忠。"她伸了个懒腰，手上的笔被搁置在了桌子上。一脸严肃地看着他。

"怎么了？"他把汽水轻轻地放在桌子上，转过头去对着她笑了一下。

"很……很贵的吧？你怎么能自己掏钱买呢？"

"太热了，至于钱嘛……"他搓了搓手。

"拿实际行动来弥补吧！"他用手指了指脸。

"哪里来的登徒子，不好好干活儿净会油嘴滑舌。"

"等会儿跟我去地里干活儿，之后想想乡级大会怎么发言，还有，把报告写一下……"她就用手指头数了起来。

"好了好了，我都知道了，保证完成任务！"他赶忙敬了个军礼，随后转身朝门口走去。

"又跑！"

"之后呢？之后的事情呢？"小年轻们焦急地问着。

"之后啊——之后我们……我们就那样呗。"老妈笑了一下，看了我老爸一眼，缓缓往下讲去。

"又是哪年夏天来着？"

他们俩坐在地里的稻草垛上。

看着一群孩子在太阳底下嬉戏打闹。

夕阳昏黄，几家炊烟又袅袅升起。

"我对你有意思。"她脸上带着微笑，故作轻松地说道。

"让我干那么重的活儿，有意思？"

他摊开了手，故作无奈地摇了摇头："早知道了。"

"啊……什么时候的事？"

"从……遇上你开始，到每天与你干活儿，帮你买喜欢的东西，可能我就是受苦的命吧。你啊，一个女孩子，不怕被人说闲话？"

"嗯……我不怕。"

他们的手悄悄地靠在一起，紧贴，又紧紧地握住。

夕阳烧得通红，两人的脸，也通红。

四年后，婚礼成功举行。她脸上洋溢着幸福的笑容，红晕还未褪去，没有太多粉饰的面庞，煞是迷人。那英俊的小伙儿呢？脸上倒是异常的严肃，缓步走上前去，对上了她的目光……

"我爱你。"

她脸上红得愈发迷人。

"甭管，反正……以后也要跟你了，你……你好好的，要上进知道吗？"

"来，二位，看镜头，笑一个！"

一个顶着大灯泡的照相机啪的一下闪了起来。

红，红得张灯结彩，红得喜气洋洋。新娘也披上了红色的大皮袄，新郎官忙跟人喝喜酒，时不时地往这里瞥上一眼。眼前的喜庆深深埋在了他心底。

"看什么看？没见过啊？"她笑了一下，对着他轻声啐道。

他倒是嘿嘿一笑。

吃完面条的人们高声朗诵起了诗词，唱起了欢歌。

直到婚礼结束。

他推着自行车从院子里走出来，骑上车，载着新娘慢慢地骑……这一幕被定格在了墙上的画像里。

"老爷子，看够了没有？"

"哎哟！我家婆娘生得太漂亮了，老头子我是左一眼瞧，右一眼看，哎呀呀，这也看不够啊。"他猛地一拍手、一跺脚，一副捶胸顿足的模样。

她再次笑得前仰后合，被老爷子看在眼里却又是另一副模样。

"你第一次骑自行车啊？"

"是啊。"

"好稀奇的感觉!"微风轻拂过她的脸庞,她的身躯在自行车上轻微晃动,一只手轻轻搂住了他的腰。

树叶沙沙作响,万物在爱身旁,都成了陪衬。

耀眼得仿佛世间只剩两个人的眷恋。

"老爷子到底有什么好的呀?"她闪着大眼睛搂住老妈的脖颈,朝我眨了眨眼睛。

老妈仿佛在想一些事情,沉思了良久才抬起头,眼神坚定地回答道:"他可许诺我了,让我笑一辈子。"

她呼出了一口气。

"可我不满足啊,我要笑着跟他过这辈子、下辈子、下下辈子嘛。"她咧开嘴角,盯着老爷子。

"你会吗?"

"我会的!"

两人相视一笑,又是一阵岁月的笑声。

几年匆匆而过,在我与她的婚礼上,他们如约出席了。

我爸絮絮叨叨跟我讲找个能过一辈子的另一半不容易,要好好对她,要是她受半点儿委屈拿我是问,说完还挥舞上了拳头。

老妈絮絮叨叨地跟她,哦!不对,是我的爱人,嘀嘀咕咕说了一阵,她们好像达成了某种一致。

清风依旧作响，阳光依旧耀眼。

等所有人都散了场。

她红着脸挽上了我的手。缓缓开口："余生……请多多指教啦！"

"彼此彼此，嘿嘿。"

婚礼后，文秀和明忠两个老人躲在角落里，憋着笑，满脸欣慰。

"你瞧瞧，他们和咱俩年轻时多像！"他微微抬起了头。

"嗯，这么多年……很多事都忘了。"她轻轻地整理了一下老爷子的衣领。

微微抬了一下眼睛，盯着他。

"说好了让我笑一辈子的，你可不能食言。"

"一定。"

老爷子轻笑了起来。

第 3 章

致那些年随风
散去的回忆

————

致那些年随风散去的回忆，
飘零的岁月，
和时不时想起的你。

夏夜的海滩

或许，我也没想到结局会是那样。

我记得，那是一个少年与少女无忧无虑的年纪。

她攥着衣角，眼睛含着笑意，弯弯的，像个月牙。嘴角上扬时，会露出甜甜的小酒窝，她的动作就好似被精心设计过一样，耀眼得不成样子……

夏日的海边总有一股腥咸的味道，阳光略有些刺眼，我半眯着眼，眺望着远方。

"真是冒失啊。"我心想。

就在刚刚，为了帮她买个雪糕，我不小心闯入了一个小贩的摊，没想到在遮阳伞底下挑雪糕的时候，来买雪糕的人就把我围了个里三层外三层的——出不去了。

"李明博！你跑哪里去了？"声音远远地从岸边传来。

"李明博！你又乱跑！说好在我身边不乱跑呢！"她捂

住了草帽，秀发微微飘起。恰好，一个小浪顺着风，好巧不
巧地朝她这边卷来。

"啊啊！都是你害的！裙子都被海浪打湿了！李明
博！你什么时候能有个男人样啊？好奇心那么重，老是瞎
跑！老是瞎跑！跑丢了咋整？"

"来了来了！对不起，真对不起……不对，是海浪打湿
的你，干吗赖我啊？"

"咱家长说好了不让你乱跑了，是吧？你还跑到那么远
去买雪糕，是不是？你知道你昨晚跑丢了咱们一家有多着
急吗？啊？要不是你最后自己又转回来了，我们都要报警
了，知道吗？"

"那……那不是好奇和赌气嘛……哈哈，消消气，您
消消气，我错了姐，真错了。"

"喀喀，嗯……真是气死我了。"

中午的太阳正烈，即使她涂抹了防晒霜，我仍旧为她
撑起了遮阳伞。等到上了岸，我们又去街上转了转。

海边的房子总是刷着靓丽的颜色，两三个路标插在店
旁，站立眺望，一眼就能望到海平面的呼吸。我们边走边
看，时不时地和旁人交谈上两句，这怕是我这辈子最惬意和
幸福的时光了。

"我想要吃这个店嘛！"

"你已经吃过一遍咯，换一家吧。"一个中年男子蹲下

来，边回答孩子的话，边把他扛在肩头。

"不嘛不嘛！爸爸我就想要吃这个！是吧，妈妈？"

"啊……孩子他爸，他想吃就给他再买一点儿吧。"

"好，给大儿子买。"

"老公……帮我带一份。"

"哈哈哈，好——"一对夫妻从我们身旁路过。

"吃点儿海鲜吗？我们店里很便宜的。"

"把衣服披上！别吹感冒了。"

"快快快！咱赶紧拍个合照！打卡一下！"

"师傅！去船港！慢点儿开哈，咱不着急……"

车笛，海浪，挚友，伴着人潮的熙攘，隐入了盛夏的喧嚣。

随后的时间里，我一边享受着这样的清闲，一边老老实实地跟在她的身后，逛完街我们回宾馆休息了一下。临近傍晚的时候，我们又回到了海岸。我们在沙滩上留下一串足迹，还踮着脚尖，俏皮地踩在浅水中，溅起一圈圈涟漪。我们呼唤着对方的名字，彼此追逐在黄昏下，直到声音被卷入波涛，消匿在泛白的涌动里……

"喂喂喂！会不会拍照啊？这么好的手机在你手里跟块板砖一样！"

"别……别催了大姐，我真不会拍。"我欲哭无泪地看着相册里几十张几乎一样的照片，听着她跟福尔摩斯一样的疯狂分析，不对，她的分析似乎比福尔摩斯的还强……

"我听说你很会用相机拍嘛，怎么用手机就不会拍了？"

我莫名地好想笑，但后来又一想还是依了她吧，毕竟……

海浪卷起的泡沫一遍遍地撞到沙滩上，沙沙声也随着泡沫此起彼伏。不知不觉，刚刚在沙滩上留下的足迹很快被抹平了。

我挤出了一丝苦笑。

沙滩上的人群逐渐稀少，天气也不知不觉开始转凉。看不见的时钟仿佛在此时此刻嘀嘀嗒嗒地转个不停，待到夕阳曚昽，她抱膝与我坐在一起，一起看着天空的颜色由湛蓝逐渐变得粉红。此时的大海就好像被撒上了金粉一般，浪卷浪息，微光闪烁，时不时一两只海鸟路过，盘旋着，追逐着。整个画面因此被赋予了生命的活力。

"还不回去吗？"我笑了一下，轻掐了一下眼前人的脸庞。

她愣了一下，没有说话，只是把秀发撩到了耳后。

"干吗这么早回去？"

"是吗？这可不早了。爸妈会担心的。"他抬手看了一眼表，又仰起头看了看天。

"你怎么老……是这么贫嘴……"她还未说完话，忽然脸色显得有些苍白，呼吸也变得急促起来。

"胸……胸口好疼。喀喀！"

"药……药在我……挎包……"

我迅速地拉开她的挎包，从中掏出了一瓶药。

服药后，她轻轻咳嗽了几声。

"怎么样？好些了吗？"我赶忙将外套脱下披在她肩上，紧紧地握住她的手，想用自己的温暖掩盖她手上的冰凉。她猛地深呼吸了几下。

"我马上带你回家！"

我背对着她，缓缓地单膝跪下。

我背着她，最后眺望了一次那日的大海。

她就在我肩上望着那大海，也不知在思索些什么。

我背着她，走在回去的路上，刚刚联系了父母，他们马上收拾东西，准备开车来接我们，随后回家。

"你说……有什么可以算得上是永恒？"她冷不丁的声音差点儿把我吓到。

"你问这些干吗？"

她没有回答我。

我自讨没趣，也便随意地搭上几句话。

"太阳？或者是永动机？"

"你这个问题问得太宽泛啦，这世间，有什么事物会是永恒的呢？"

"别想太多了。"我仿佛认真地思索了一下，半开玩笑似的回答了这个问题。

她没再搭话。

天色渐晚，她靠在我的肩上，眯着眼睛，轻轻哼起了一小段旋律……

"还是那么难听……啊！你掐我！"

"不会说话就给我闭上嘴！"

"别给我掐紫了！"

我永远记得那天下午，我们曾嬉戏打闹在夏夜的沙滩，伴着篝火与吵闹的人群，欢笑声在我们之间起伏。就在那天，我们谈着理想，勾勒着以后的愿望，相继坐在沙滩旁。她抱膝坐在我身旁，秀发似乎也染上了夜空的忧郁。

满天星辰倒映在她眸，星海仿佛是她的眼睛。

那天傍晚，我不记得我背着她走了多久，只记得她身子还蛮轻的。

"似乎有些偏瘦了，她还是不好好吃饭，唉……也不晓得她食欲怎么这么差，挑食的习惯应该让她改改才好。"

直到父母接我们上了车，我轻轻地把她扶上后座。随着车子缓缓开动，不多时，她便靠在我肩上，微微地打起了盹儿。

这一靠害得我在车上根本不敢动弹，生怕吵醒了她。

忆心世界

奇迹一定会发生的，对吧？

　　她的眉梢，总是很长，就仿佛是可以蓄满春的露水一样，有时看到太阳的时候，她总会用手在脸前做出一个眺望的动作，以此来挡住阳光。可每到这个时候，她的脸上就会先浮现出两抹红晕。

　　我喜欢她的双颊，和没有粉饰的面庞，还有那如未经雕琢的脂玉一般的身形。

　　她总是自嘲，说她就像影子一般无法感受到阳光的热烈……

　　"今天的天气真好啊……不是吗？"

　　"当然啦，这么好的天气如果不干点儿事情，或者出去狠狠地玩，我都嫌浪费。"我把汽水放到她面前。

　　"喏，都给你买好了，要不出去走走吧，每天在家里待着有什么意思。"

她小抿了一口汽水，轻轻含在嘴里。

"要不……你陪我打打乒乓球去吧，我家地下还有一个乒乓球台子。"

"好啊，大小姐。"我头也没回地转身向着大门口跑去。

"你慢点儿！别跑啊！"

她刚刚走出房子，猛地，她就把手挡在了脸前。

"嘿哈！"一小股白色的烟雾就喷到了她的手上。

"你有完没完啊！你给我喷的什么东西？"她微微皱着眉头，挥手驱赶着。

"防晒霜啦，很贵的，来，把眼睛闭上，我再给你喷一点儿。"

"哦，对了，我把防晒服给你拿过来了，快穿上吧。"

"嚯，什么时候开窍了？"她先是把防晒服穿上，而后又闭着眼睛，把脸凑了过来。

一阵烟雾过后，她轻轻咳嗽了几声。

"走吧，去地下。"

"别啊，走吧，我带你去公园里玩去，何况……公园里也有乒乓球台子。"

"你！"

我没等她回话，自顾自地打开了遮阳伞，就这样一手撑伞，一手拉她，朝着盛夏奔去……

　　她很少开玩笑的，但有时为了逗我开心，还是会假装很认真地说出一两句俏皮的话。她仿佛是夏夜里的荷塘，静谧的夜色下，两三株睡莲休息在她怀里，月光波澜，如碎银一般散落在时不时涌起波纹的水面上，在月光的衬托下，她显得那么平静、端庄而又淡雅。她有时也如山间的溪流一般，轻淌流过，伴着泉声叮咚，蝉声、蛙声、鸟啼声、婆娑树影彼此交融，仿佛是烟雨江南下的小桥流水，抑或者，就像西方印象主义画家画笔下的色彩与光感。那时的美好，只可惜，以后的我再也无法想象……

　　她就像遍地都是六便士的夜里，我抬头望见的月亮，是我不小心碰到的手，耳根的轻红。

　　她那浅笑的嘴角和小酒窝，不经意间的歪头，犯小糊涂时候的嘟囔，总是能恰到好处地勾勒出一个女孩子的性格，最后化作那复杂敏感的年纪中，唯一的惊艳。

　　她曾引领我走进文学的殿堂，而后在我构建我的心灵的片刻，时不时地轻叩门扉，登门拜访……

　　那年，我的心刚好到了雨季，细雨朦胧。在钟楼的屋檐下，晚风与雨燕依偎正浓。

　　蝉鸣、蛙声此起彼伏。在一座风格混杂的建筑旁，风华正茂的少女，提着马灯，踮着脚尖，轻弹了一下那无人问津、孤零零地挂在门环上的风铃，随后缓缓推开了厚重的木门。门吱呀吱呀的声响，震落些许灰尘。街上的人儿纷纷停下手上的动作，诧异地看着她。

这独属于我的童话，因你而存在。

那薄如蝉翼的月光，晕洒在台阶前喷泉的水潭里。少女衣着平常，缓缓地拾级而上。一步一停，仿佛是花丛中跃动的精灵，随着大厅里回响的一段旋律，她变得沉稳而又坚定。直到她推门的那一刻，半天星空因她骤然化作了夕阳。

流星划过，半边夜空与夕阳交织，时间仿佛都在此时此刻慢了半拍，

她昂着头，看着站在门后的熟悉而又陌生的男孩，任晶莹的泪珠顺着脸颊划过。

那目光……

"炽烈而又含情。"

往后的日子里，日复一日，随着野草花开，月光常伴着人儿；夕阳昏黄，她的眼中总泛着月光。

"她从不晓得，她曾孕育了一个少年破碎的梦境。再从现在向后看去，她在岁月的长河里，圣洁而又纯白，血肉依旧，音容宛在。可每当回想起来那些点滴，记忆总会反复刺痛我的心窝。或许她并没有被残酷的遗忘折磨，我心里，一直住着一位被囚禁在记忆里的人……"

窗边的树叶沙沙作响。几条枯枝，摇曳在寒风里。我啊——重新坐在书桌前，翻找着相册，翻找着他与她的

点滴。

直到，相册缓缓停在了那年春天。

我昂起面孔，缓缓地闭上眼睛，强忍着泪水，积蓄在眼里的泪水打着旋。我的胳膊茫然地在空气中挥舞，仿佛要鼓起勇气，去触碰那段被封禁的记忆。

我们相识的那些日子

真是有缘分啊，认识这么早，那就当一辈子的好朋友吧。

她的身体似乎总是不太好，在上学的时候，总是看她不来学校。作为她的同桌，我每天似乎都有帮她整理卷子的任务……

"去哪里了啊……一休就是两三周，卷子都快堆成山了……"我小声嘀咕着。

忽然教室门被推开，一个穿着素装的女孩站在门口。

"报告。"她不咸不淡地说了一声。她似乎并不知道打断老师，老师可是会发大火的。

"出去站着！"

"我喊'报告'了！"

"让你出去就出去！"

"你这是违反教育法！"

"学校是你家吗？天天请假，天天请假！还扰乱课堂秩序，出去！"

老师嘴巴张得老大，唾沫星子横飞，涨红了老脸……再看向她，她似乎还是一副波澜不惊的样子。

"丁零零——"还好，下课铃不期而至了。

"到我办公室去！"老师对着她抛下了这句话，夹着教材走掉了。

等老师一走，班级里嗡的一下炸开了锅。

"那个病秧子怎么来了？"

"我哪里知道啊！"

"一考试就知道抄抄抄的，我才瞧不起她呢。"

"是吗？她考试咋抄啊？"

"你傻啊，请这么多天假，考试成绩还那么高，不是抄的还能是自己写的吗？"

"也是啊……"

女生们一群一群地聚在一起，大声讨论着关于她的事情。

"你们知道吗？其实照顾她的一直是她叔叔一家！"为首的女生忽然神秘兮兮地吐出了这句话。

"啊？那他爸妈呢？"

"是不是没有爸妈啊——"

"都不一定。"

"不是！你们议论他人家长，还说出这样的话，过不过分？你们家长是怎么教育你们的？"

我实在听不下去了，从座位上猛地站起，快步走向门外，想出去走走。

她们先是一阵安静，就在我走出去的一瞬间，又听到她们毫不掩饰地议论。

"一个破当班长的牛什么牛啊！"

"就是就是。"

"我看他成绩也没多好嘛……"

外面的天气有些冷了，秋日的微凉真是让人清醒。独自一个人走在楼道里。看着同学们总是结伴而行，心中还是有些空落落的。

当我从走廊穿过的时候，不远处，她好像也朝着这边走来了。我们俩擦肩而过，一个朝着门口走去，门口日光闪耀；另一个朝着教室走去，教室里拉着窗帘，只有那日光灯的惨白。

我们像是两个不同世界的人。

她漆黑如墨的长发飘起，衣服随着风儿舞动着，她一开始似乎没有注意到我。可我不禁回头望了她一眼。

我们两人的目光就这么对在了一起，她撩了一下头发，甩给我一个背影。空气中弥漫着淡淡的中药香，她就像是一个东西方的结合体，有着西方的优雅、热烈，又有东方的含蓄、沉静。

逛了一会儿，上课铃打响了。我急匆匆地赶回教室，从书包里掏出课本。

"我语文书呢？"我有些着急。她瞥了我一眼，什么话也没说。

"我不用看，给你看去。笔记自己拿纸记，别记我书上。"

"哦哦，好的好的，谢谢你。"

我想都没想接过了书，忽然，我愣了一下，缓缓抬起头，皱着眉看她。

"你为什么不看？"

她慢条斯理地从书包里抽出了一本课外书，对我挑了挑眉。

"你看吧，这些文章我都看过了。"

"我知道了。"我也没再多问，低下头念书去了。

"丁零零——"一节课总是过得很快。很快，放学了。

天空似乎零落起雨点来。很快，雷声震耳欲聋。

眼前似乎升起了云烟。

我躲在教学楼的屋檐下，背着书包，等着父母来接我，身旁的朋友越来越少。

"走喽！班长！"

"要走了嘛，慢些啊——"

"走了班长。"

"路上注意安全哦。"

"拜拜咯，老班！"

"小心点儿啊！"

"班长，还没人来接你吗？我先走了哈。"

"嗯。"

我身边的最后一个人也离开了我。

"彻底只剩我一个人了……"我心想。

我蹲在保安亭的屋檐下，老师似乎也走光了。抬手看了一眼手表，下午3点放的学，现在已经6点了。

"咦——娃，你家长咧？"

"啊……啊，工作有点儿忙，不过已经在来接我的路上了吧。"

大爷疑惑地瞅了我两眼，自顾自地点上了一根烟，没再跟我说话。

我不禁向教学楼望去，台阶上，似乎坐着一个身影。仔细一看，她的裤脚好像已经湿了。

"娃！你跑哪里去！"保安大爷对我喊道。可这时我已经冒着雨又跑到了教学楼的屋檐下。

"你没走啊？"

"……"

"你爸妈怎么不来接你？"

"……"

"你裤脚都湿了，一定很难受吧？"

"……"

"一问三不答啊……"我这么想着。

我们俩就这么隔着一段距离坐着，她似乎把脸埋进了膝盖。我好想再问问她，可是又一想，她貌似不理我，刚到嘴边的话语便咽了回去。

好巧不巧，这时候我的父母到了。他们二人慌张地从车上下来，撑起一把伞，跟跟跄跄地向我跑来。

"抱歉了孩子，太忙了，忘了接你。"妈妈慌张地冲进推拉门，一把抱住了我。

爸爸则在一旁打着伞。

"咱们这就回家，好不好？"

"好呀妈妈，以后要是你们忙，给我一把钥匙，我可以自己回家的。"

妈妈看着我，就这么看着我，眼底似乎有泪光。

爸爸缓缓地背过身去了。

"走。"妈妈拉着我站起来。

我不经意间，看到了坐在旁边的她。"她……她也哭……哭了？"我心里猛地一颤。

"妈妈，她是我同学，她爸爸妈妈还没来接她，咱们联系一下她家长，带她先回咱们家好吗？"妈妈听闻我的声音，脚步顿了一下。

她转过身来看着她。

"谁家的孩子呀……就在这大雨天等着，家长也不长点儿心。"

母亲走过去拍了拍她的肩膀："小姑娘，别……别哭了，拿阿姨手机给你爸妈打个电话吧。"

她抬起了头，红着眼睛看了我妈妈一下，接过手机，打了个电话。

"嗯……我知道了，让阿姨接电话是吧？"

"您好，我是明博妈妈，对，你们家……"

过了些时间，母亲把电话挂掉了。

"小姑娘，擦擦脸，走，跟我们回家。你爸妈晚些来接你。"

"是……是我爸妈来接我吗？"

"当然了，不然还能是谁啊，孩子。"

"哦……"她背起了书包，一个没站稳差点儿跌倒。

我扶住了她。

"你没事吧，脚没有被崴到吧？"

"我……我没事的。"

我们就这样坐在车的后排，无论我问她什么，她似乎都不想回答。后来好像是被我的真诚打动了，开始嗯嗯啊啊地应付两句。后来，车到家了，我赶忙跑下去，为她打开了车门。

她的脸似乎有些红

"谢谢。"小声嘟囔了一句。

"不客气啦。"

我们默不作声地上楼，站到家门旁边。

咔嗒，门锁打开。家里并不算太暖和，很小的一个地方。

"你去我房间坐吧，我给你倒点儿水。"

她还是一言不发，直到我打开了自己房间的房门，她走了进去，在凳子上坐下。

"先喝点儿水，我去给你整点儿水果。"

"不用了，不用那么麻烦。"

"都是同学，麻烦什么。"我到厨房切了一些水果，拿碟子装好，放到她面前。

"谢谢。"

"不客气啦。"

我坐在椅子上，看她从书包里拿出一本书来看。

"什么书呀？"

她似乎在聊到书时话就分外多。我们畅聊了好长一段时间，嗯……但主要是我听着，她说着。聊到书，她瞬间就跟换了个人一样开朗了起来，满脸洋溢着笑意，以至于……我只是被她的笑迷住了，后来的话似乎都没有听清，光顾着看她笑了。

不多时，房门响了，她爸妈来了。爸妈从厨房出来，又迎了过去，大人们凑在一起聊了两句。

"太晚了，就在我们家吃吧。"

"是啊，您想想你们再回家做，还挺麻烦的。"

"别了别了，真是太感谢你们了。"

"客气什么，就在我们家吃吧。"我妈刚说完，我爸就从餐柜里多拿了三副碗筷。

她父母笑着说"不好意思""这次太麻烦了"之类的话，略微客气了一下，但执拗不过我们家的热情，随后便上了桌。

我们的聊天忽然被打断了。她微微地应答了一下，随后跟我说，先去吃饭吧。

我们从房间里出来，一起笑着上了桌。那天我们两家人聊得分外开心，她的话也出奇多，她父母似乎都很惊讶。

晚饭过后，我们回了屋，他父母与我爸妈留在了客厅。我们又聊了一阵子，她忽然话锋一转，聊到了她的家庭。

她父母似乎与我爸妈是从事相同工作的。可不同的是，她父母似乎把她托付给了她叔叔一家照顾。

她说她身体似乎有些问题，但是含糊不清的言辞让人有些怀疑。我有些心疼，但并没有流露于言表，也没有多想。

父母们似乎聊得很开心。可是时间飞逝，不知不觉，就到了送他们一家子到门口的时候了。

"慢些！路上小心。"

"嗯嗯，我知道了。"

我们挥着手告别，父母也互相留下了联系方式，笑着与对方告别……

我们似乎就是这么熟络起来的，自从那次事件之后，我们在班里的话也变多了起来。

我们经常去对方家里，你蹭我一顿，我蹭你一顿，谁父母忙，就到对方家里去吃饭。

玩也一块儿玩，学也一块儿学。

渐渐地，我们的相同之处越来越多，我们也随着岁月的风渐渐长大。

解围之事

那是我们都已经长大的时候了。

"你爸妈为什么不来接你啊？"一群女生凑到她的面前，叽叽喳喳的。

"我……"她身体微微颤抖。

我闲着无事，这时候正在看书。忽然一个男孩子敲了敲我的桌子。

"你应当去劝劝，她们又在那里起哄，我们都看不下去了。"

我正要站起来，他忽然按住了我。

"你该怎么说？越说越会被误会的。"

"我想想。"我把书放到抽屉里，缓缓站起身。

"她父母就是我父母，我需要照顾照顾她。"

他松开了我，拍了拍我的肩膀。

"有你这句话我们就放心了，每回你都能把事情处理得不错。"

"谢谢。"我低声道谢。

我快速走到她面前，女生们还在议论纷纷，只不过议论对象从她变成了我们俩。

"中午休息时间很快就会过去，下午老师还要讲解题目，上午刚刚留的作业，都快去休息一下吧。"我环顾四周，不动声色地挡在她的面前。

"哼，写就写呗。"

"就是就是。"

"反正副班长也会给我们抄。"

"副班长？"我找到了人群中一个熟悉的人影。

"班长，我们了解了解同学家里状况，没什么问题吧？"

"人家家里的情况关你什么事？"

"你又来护着她啦？我们只是想跟她聊聊嘛，怎么，同学之间的正常交流都不让了？"副班长推了推眼镜，轻声笑了几声。

"走吧，跟我去大礼堂。"

我轻轻拉着她出了教室，没有再管身后的言语。她刚想说什么，可是我捏了她手腕一下。

"隔墙有耳。"

"喂！你……"

我们很快就到了另一个地方。

"喂！你干吗啊？"

"听不下去了。"

"我不常待在班里，而你不一样，你会被误会的！搞不好还会被撤职，被撤职就成大笑话了。"

"一蓑烟雨任平生，我不在意。"

"等被撤了有你好哭的，大男子主义。"她轻笑了几下。

"照顾同学，这是我该做的。"

"是是是——"

她靠着墙，双手交叉抱在胸前，漫不经心地又与我聊了几句。

中午的时间很快就过去了，我和她很早就赶到了操场，并排散步，边走边聊。

"不着急，下节课是体育课。"

好巧不巧，迎面碰上我们班主任。

"哎，婉婷和明博都在啊。"

"是的，老师。"

"是啊——"

我们俩几乎同时开口。

"班里同学的话别往心里去。"

"嗯。"她点点头。

老师走过去了。

"你啊……太正直了。"她在我身旁轻叹了一口气。

"不过——谢谢你帮我解围啦……"

她挥了挥手,跑回了楼里。

"我差点儿忘了一件事情,我先回去了哈。"

只剩我一个人不知所措地在风中凌乱。

时光碎片

小时候的那些瞬间。

时间仿佛回到了那天，我听着少女漫不经心的叙述，看着傲娇的眼神……

"喂，你是第一个夸我好看的。"她认真地盯着我的眼睛，手却不安地扯弄着连衣裙的裙角。

"骗人的吧？"她放开了攥住衣角的手，显得有些不知所措。

"我可是真心的！"我停止扒饭，咽下饭后缓缓开口。

小店旁的彩旗被轻轻吹起，常青树下人们围着围巾，坐在长椅上，隔着玻璃墙依稀能看到他们在叽叽喳喳说话。

我不禁重新打量了一下眼前的少女。她肤色如同半浓的咖啡里混了很多牛奶后的颜色，很健康，在室内灯光照射下露出一抹少女独有的光芒。她身上奶香味很浓，这是她的独特标识之一。她梳着高马尾辫，瓜子脸，长发及腰……

又想起刚刚和她一块儿去买冰激凌的场景，她踮着脚尖去取餐，我却毫不费力地接过。递餐的阿姨轻轻地笑了一下。

"小朋友，看好你的小伙伴哦。"阿姨嘱咐了一句，又转过头去和其他工作人员聊上了。就在我和她准备走的时候，我看到阿姨指了指她。

"小家伙长得真可爱。"

我想都没想就低头对她转达了一句

"你今天好漂亮啊，都被人夸了。"

还在扒饭的我忽然顿了一下："当时逗她笑一笑，她会不会露出那颗小虎牙？"心中胡思乱想着，不知不觉咧开嘴傻笑起来。

"喂！吃完没有，吃快点儿行不行！我妈跟我说了，就你吃饭磨叽……"她见我傻笑，假装气鼓鼓地转过头去。有些苍白的脸上不经意间浮现出一抹红晕，嘴上却又开始絮絮叨叨起来。

"俗话说得好：吃饭不积极，思想有问题。你个大男人吃饭怎么这么小家子气……"

"姐！大姐！求求你了，让我吃完饭吧。"刚吃一半的我突然就有了一种欲哭无泪的感觉。

"叫谁大姐呢！我才比你大几个月！"

"啊，对对对，你说得都对。"

时间仿佛流逝得愈来愈慢……

好不容易挨过了晚饭，我们一同散步在广场上。

"嘿！我跟你讲，今天我看的那本书说什么天下作文一大抄啥的……"

她愣了一下，轻轻地摇了摇头，掩住嘴角。"书是不是从我家拿的？那本书我都看过啦，它不适合你，你要想写作，我可以教你呀。少看点儿那种不适合你看的书吧，别把脑子给看傻了。"不知怎么，她一谈起书来，就仿佛格外温柔与和煦。

幸福是什么

你这么问我，我其实也不知道。

小时候的我很爱笑，发自内心地爱笑。她也常常笑，一笑就合不拢嘴，笑完还要调皮地敲我脑壳一下。

我睁开眼睛，红着眼圈将相册往后翻了一页。那一页镌刻着我与她在584公交站旁的留影。

"你你你！多大了都，还随便摸女孩的头？"她气鼓鼓地跺了两下小脚。

街上人来人往，但此刻的公交站旁，陪伴两人的好像只有不解风情的站牌。"嗯？怎么了？"我下意识地把放在她头上的手抽了回来。

"还装傻是吧？嗯？"她两手环抱在胸前，撇过脸去不看人。

我微微皱眉，但最后还是什么话也没有说……

此时公交车好巧不巧地打破了二人间尴尬的气氛。"上车了，走吧！"我轻轻拉住她的袖子，飞奔上了车。

"嗯……"她任由我拉着，不知是没反应过来，还是因为经常这样已经习惯了。

多年以后的今天，我从相册的塑封里摸出了当年夹的作文稿纸。缓缓打开，有些卷边的纸上镌刻着青涩的小字："喜欢摸摸她的头，有时候可以猝不及防地掐一下她的小脸。她的头很软，总是有一些凌乱的发丝，脸也很软，脸颊肉肉的。"

我顿了一下，缓了缓神，继续向下看去："我哪里知道上天是怎么孕育出那么可爱又美丽的女孩子的？她在闪闪发光啊！可我不知道她住在哪里，是住在我的眼睛里，还是心上？"再往下看，有一小段文字被折了起来，我轻轻打开，发现字迹完全不一样，有一种独属于女孩子的娟秀与落落大方。

"我生命的时光是破碎的，但是每一片都五颜六色，拼凑起来的碎片里全是他……"

"她……她！"我再也忍不住了，眼前仿佛又出现了与她在一起的岁月。

小确幸的插曲

一件小事啦。

"你……怎么老是穿着这套衣服啊？"我疑惑地望着她。

她白了我一眼："你猜？"

"让我猜猜。"我故作思考。

"别猜了明博。这个死丫头买了一柜子衣服！"

"妈！"她赶忙踮脚堵住阿姨的嘴。看着脸颊微红的少女与她妈妈打闹在一起，我嘴角勾起了一丝轻笑。

"她还说，说这是你觉得好看的！"

"妈！别说了！"刚想跟我解释的她，又转身赶忙与阿姨打闹在了一起。

灰白世界

世界自此成了黑白色。

这是她去医院检查后发生的事情。

我轻轻抬起手揉了揉眼睛，看着眼前散落满桌的作文稿纸，就这么看着，月光洒在屋外的树梢上。风儿一吹，银光闪烁，仿佛回到了漫天风雪的那天。

"你来了？"我微微抬起了头

"嗯。"她漫不经心地应答了一下。

"很巧的，有两个座位，我去拿一下书，你先坐在这里吧。"我拉开座位缓缓地起身。"哦。"她头也没抬一下，摆了摆手。

窗外的雪花飘零，她在温暖的室内脱下了她厚厚的羽绒服。她坐在凳子上用两只手捂着脸，低着头，仿佛在抽泣。这一切都被没有走远的我一个转头看在眼里。

几十分钟后。

"喏，奶茶，听说你们女孩子都喜欢喝这个。"

"谢谢。"

她好像早已恢复好了自己的情绪，可是脸上两道泪痕还是出卖了她。

窗外的雪花依旧在飘，在这黑白的世界里，黑白的烟花也在无声地绽放。

"走了，吃饭去了，想吃饺子吗？"我拉起她的手，轻声问道。

"可以……"

"走喽！走喽！"

我拿起少女的羽绒服递给她："别冻着了。"她愣了一下，低着头穿上了厚厚的衣服。

"喂，你吃醋吗？"她冷不丁地冒出这一句话，一脸嫌弃地看着一堆瓶瓶罐罐。

"我不吃。"我斩钉截铁地回答。

吃完饭，我与她再一次走在走了无数遍的广场上。

"还有多长时间？"

"嗯？现在几点了？"我顺势撸了一下袖子。

"我还有多长时间？"

"李婉婷，你说什么胡话！"我猛然打断了她，吼了起来。

"我自己的身体我比谁都清楚，你没必要骗我。"

我没有说话。

我猛地抱住了她，拂着她柔软的头发。她再一次崩溃了，狠狠地，用了很大的劲抱住我，呜咽着埋进了我的怀里。

"好好的，一定要好好的。我们都说过了，要去看烟花、坐摩天轮、逛街……"

"你不会骗我，对吗？"

"我不会！我永远都在。"

我轻轻揉着她的头发，看着她刚刚仰起的面孔和发红的眼圈。

这辈子最幸运的事莫过于此了

我可是这个世界上最幸运的人！

他似乎有些特别。

他是个很热心的好男孩，我在学校的时候，他总是处处照顾我，帮我解围。自从那天雨夜里认识开始，我就知道了，我与他的命运不可避免地纠缠到了一起，犹如毛线一般，犹如多重奏一般。

他的父母也超级好！尤其记得，他母亲似乎超级喜欢姑娘，经常姑娘长姑娘短地挂在嘴边。他也没有怨言，嘿嘿，那就多"欺负欺负"他咯。

他们一家子人都超好。

不像我家。

他做的事真的经常让人感到莫名其妙啊，我读过的书或者我正在看的书，他总会自己看一遍，一边说着自己没看，一边又极力掩饰在他家书架上的跟我的一模一样的书。真是傻死了，就是为了能和我聊到一块儿去吗？

其实，有你一个人陪着，那便也足够了。找一个能陪我聊天的人，这早就是奢求了。

这个梦……做得再长点儿，做得再慢点儿……

我真的不敢信，我是这么幸运。

寻迹之旅

从那之后的日子。

故宫，景山，天安门，前门……我翻着与她在一起时拍的照片。偌大的北京城，常青树下，梧桐树旁，春夏秋冬，她赶着我，我追着她，花儿谢了又开，候鸟去了又来，嬉笑打闹着寻迹不停。

"故宫啊……我记得我很小的时候来过一次，但是没有什么印象了。"

"是吗？那我还蛮幸运的。"

"幸运什么？"她疑惑地望着我。

"能陪你逛故宫。"

"那有什么好幸运的？"

"红酥手，黄縢酒，满园春色宫墙柳。"

"知道什么意思吗？"

"啊？这个，真不知道。"

我们在这深宫大院里打闹着，她忽然拉着我的手，一同贴在宫墙上。身旁的游人忙着摄影，导游在高谈阔论。

"你说，这宫墙，锁住了多少女子芳华？"

"两朝六百年。"

"那……今日我就是你的妃子，你把我锁住了，囚住了。"她眨巴着大眼睛看着我。

"什么话啊，新时代的你还能有这种想法？何况我不会干那种事，我许你自由身。"

"有人是想逃逃不出去，有人是不想来偏被送进去……"

"可又有人是不想逃却被许了自由身！"

"瞎说什么。"

"没意思。"

直到临走的时候，我们才合上一张影。

"开放的，是故宫；锁住的，是紫禁城，是一场半睡半醒的繁华梦。"

红纸信笺

　　这是她的遗物之一了。

　　我们相约着一起在同一张纸上描写对方，可总是在写之前开好一阵子玩笑。写完，匆忙地折好半张纸，让对方在下半张纸上写完。

　　紧跟着，目不转睛地盯着对方，生怕被对方偷看了去。

　　我们相互答应以后把给对方写的东西封存下来，装到信封里。

　　在她父母将她的东西交付予我的时候，木制的小盒里静静地躺着四个鼓鼓囊囊的信封。

　　这样的信封，我有四个，她有四个。

　　散落满桌的作文稿纸变得更乱。在书桌前，我猛地把手中的笔摔在了桌上。双手捂着脸，再也控制不住自己的情绪。

"我根本没有办法理解一个病人对于生的渴望，和一个花季少女情窦初开时的那种幻想。李婉婷你到底想怎么样啊！明明说好的！说好的啊！"

"你骗我干吗啊？"

窗外不知何时下起了小雨，滴滴答答的，在灰白的世界里弹出了彩色的声调。灰白的墙和灰白的天里，有一颗"痴狂的心脏"。

合上了相册，我将纸塞进了信封。或许我没有勇气再将这一张张小小的纸片翻开。

可是上天对我开了一个巨大的玩笑，刚扒开一堆信件，一个相框赫然立在那里。

藏不住的心思与无法同意的告白

摩天轮，天色渐晚，她，与她身旁的他……

"喂！喂！喂！眼瞎啊你，看不到我？"那天的她穿上了……好……好漂亮的连衣裙！多瑙河般湛蓝的丝带穿插而成的蝴蝶结扎在胸口。文静的面容让人心生爱怜，脸颊不加掩饰地爬上了红晕，口中却数落着我。

"这红晕或许是打上的粉吧？"我暗自在心中念叨。

"喂！傻瓜！看什么看？没见过善良美丽可爱动人的女孩啊？"

"真会自夸，走，票已经买好了，跟我进去吧。"

"好。"

我再次拉起了她的手，无数次了，一块儿飞奔进游乐场。伴着笑声和她的调侃。

我又想起春游那阵，我们欢呼着、雀跃着在游乐场里畅玩。

可她却孤零零地站在一旁。

"你不去玩吗？"

"嗯，我心脏不太好，有些项目玩不了的，你快去玩吧。"

"那我也不去了，陪陪你，你一个人也显得孤单。"

"真的假的？"

"骗你干吗？"

她那天就与我一同站在面对着摩天轮的地方，看着这个庞然大物一圈又一圈地转，永远也不知疲倦。

我看出来了，她注视着摩天轮，眼中尽是渴望。

"先生，我们这边有规定，心脏病患者是不可以乘坐摩天轮的，请您理解。"工作人员的说话声音瞬间让我清醒过来，这时她也拉着我的胳膊，轻轻地摇晃着。

"没事没事，饿了吧？咱们一起去吃饭。"

"嗯……好。"

她的眼睛，忽闪忽闪的。

在摩天轮对面的饭店里，她托着下巴，看着窗外，灯光闪闪，天被染成了墨色。她已经盯着摩天轮好长时间了。

"从上面看到的景色一定很美啊……"她自言自语道。

"我……"她微微张口，声音却又戛然而止。

"怎么了？"看到她忽然张口说话，我有些茫然失措。

她轻笑了一下。

"美吗？"她忽然凑过身来，盯着我的眼睛，装作不在意，撩起一丝头发。

我的眼神赶忙躲闪。

"景……景吗？肯定……肯定很美。"

"我说的是我。"她忽然瞪着眼睛，鼓起腮帮，一副气鼓鼓的模样。

"当……当然。"

她站起身，背着手，坐到了我的身边，靠了靠我。

"你要干什么？"

"你猜。"

我们两个的耳根早已通红。

"你……不知道吧？"她忽然直起身子，从我怀里出来，又突然推了我一下，软绵绵的。

她看着我，眼神里仿佛在期待着我说些什么。

一阵沉默。

"我想永远和你在一起，就这样，行了吧？偏得让我说是吧？"

"啊？这……"

"还不懂吗？我喜欢你啊！"

她好像用尽了全身的力气，声音却越来越小，最后小到几乎听不见。随后的她软绵绵地靠在我身上，脸上通红。

"我……我。"

"你会不会骗人啊？傻子！这种情况下你还不赶紧承认！犹豫什么呢？"我心里忽然闪过这样的念头。

我们的手靠在了一起，又……紧紧地握住。

但……他父母曾与我讲过，婉婷身体不好，有先天性的心脏问题，情绪的异常会直接影响到她的身体。讲到这里，他们顿了一下，很认真地看着我。

"明博，我们早就知道孩子的心意，她对你有意思。"

"叔叔阿姨，不……不是的，不是的！我们还小，要好好学习……"

他们笑着看着一个小男孩手足无措的样子。

一阵笑声过后，只剩下了涨红脸的我。

"明博，阿姨求你一件事。"

"啊？当……当然没问题。"

"婉婷要是朝你表白，千万别答应，好吗？"她盯着我的眼睛，似乎是在找寻一个确切的答案。

"我，我，我……"

"我会的。"

我犹豫地答应了下来。阿姨听到后，松了一口气，之后满眼笑意地对我说了那天谈话的最后一句话。

"让婉婷那个傻丫头下辈子再嫁给你吧。"

我注意到了，阿姨眼角泛出的泪光。

可我没注意到她的房门早就开了一道缝。

我们走在游乐园的街上，园里灯火辉煌，孩童欢乐的笑声，机器的嗡嗡声，与隐隐约约的表演声交织在了一起。我似乎理解了她为什么如此向往这个地方了。

"照张相吧？"

没等我回答，她忽然拦住一个路人。

"先生，美女，劳驾二位能为我们两人照张相吗？"

就这样，我们照下了背景是摩天轮的这张照片。

她抱着相机，反复地观看这几张照片，放大，缩小……总之，就是看个不停。

"就当……就当是你我一同坐过那摩天轮咯！"她说。

她不知，她早已是我的月光，哪怕周遭漆黑，我仍愿冲破戏弄；哪怕伤痕累累，我也愿与她相逢。

从游乐园回去的路上，我与她诉说海阔天空，一起许下前路艰难相互陪伴的愿望。她眼神里闪烁着光芒，脸上的红晕骗不得人。

我问她："你有没有什么梦想？比如说，拯救世界什么的？"

"无聊得要死……"她微微侧开了脸庞，拢了一下秀发。这一拢，仿佛"撩拨了少年的心弦"。

日出日落

表白的风波暂且告一段落，我并没有同意，也没有明确拒绝。

我们的关系就像是……朋友之上，恋人未满。

"喂，走啦！"我就像从前一样，轻轻地挥了几下手。

可没等她回话，远处的风便像个孩子一样，不经意间打翻了几片树叶。阳光洒下半地余晖，几处飞鸟展翅翱翔，缓缓地，落日与湖面拼接，圆得不成样子……

"不是说好陪我吗？"她摇摇头，撑着遮阳伞。

"啥时候说的？"我挠挠头，一脸疑惑。

"让你陪就陪！"她没好气地怼了一句，又心虚一般地牵起了我的手。我轻笑了一下，掐了一下她肉乎乎的手背，她气鼓鼓的，但又无可奈何。

时间总是过得很快，天空的明暗仿佛也是骗人的，几颗疏星顽皮地爬上了夜的背脊，月亮也一脸安详地看着孩童们玩耍。在街上就这么走着，走到一处闲逛一处，她开心地打转转，美中不足的是我拍照的技术真的一言难尽。

玩着耍着，她忽然想吃冰激凌了，停在一个店铺旁，对着里面出神地望着。

"怎么了？"

"喀喀……没什么，走吧！"她疯狂地对着我使眼色，可换来的是我的满眼迷茫。

"啊呀——今天天气怎么这么热啊，你说对吧？哈哈。"

"夜间温度才二十四摄氏度。"万万没想到，这个不长眼睛的直接当着他的面查起了天气日报。

"不算太热吗？"她差点儿就在听到回答的那一瞬间晕死过去。

我忽然在嘴角勾起一丝神秘微笑，她猛地明白我在装傻，赶紧软磨硬泡，不出意料，没成功。

"想吃冰激凌吗？嗯？少吃一点儿凉的吧。"我就这么说道。

"敷衍，敷衍，这是敷衍！你就不能关心我吗？"

"不让你吃凉的就是不关心你喽？"

"啊，这……"她忽然被噎住了，估计是觉得我说的话好有道理。

"你在这里等我一下。"

几分钟后，我手里拿着一个冰激凌赶来。

"嚯，都该化了。"

"大好人啊！今天你这榆木脑瓜终于开窍了，太不容易了。"她接过递给她的冰激凌。

"小心一点儿，都滴到手上了。"我拿着纸为她轻轻抹掉奶油。

"放过你一回，下回就别再这样了，女孩子吃凉的不好。"

"好好好，下回不吃了。"趁着她转头的一瞬间，我忽然在冰激凌上猛咬了一大口。

"你！"

我们俩就这样玩闹着，直到我把她送回了家。

"哎呀——这么晚了啊。"我摇摇头，打开了备忘录。

"我晓得，我总是惯着她。女孩子都说不能宠着，可是谁又不宠呢？哈哈。我真是无可救药了，下回根本就不能再让她吃凉的了。"

我收起手机，缓缓地倒在床上，翻了个身，对着手机置顶的星标好友发了一句"晚安"……

"又让他破费了，今天逛街买了很多东西呢。他也真是的，也不问我是不是真的想要，我都说了不要，他还偷偷买了……真是一个无可救药的傻瓜。没办法，谁让我看上他了呢……"

　　"他写文章赚钱是不是很辛苦啊？对了！他跟我提过喜欢哪一本书来着……"

　　"早点儿睡吧，明天带着他的稿件去报社看看，打游戏也赚了一点儿，把他喜欢的书买了吧。"

　　叮咚！手机铃声打断了她的胡思乱想。看着他的头像在提示栏里顶着红点，她轻笑了起来："不愧是傻子啊，让我猜猜……肯定是'晚安'！"

苦难悲歌

人类的悲欢并不相通。

前些日子见到她的时候，她刚从医院的病房里搬回家。消毒水的气味，空气中若有若无的匆忙，那都是我忘不了的。

她房间之前的温馨似乎瞬间不见了。

去她家的时候，她还不知道该怎么面对我。

"你……你怎么来了？"

"给你送饭。"

"哦……谢谢，麻烦你了……"她有气无力地说着。

"客气什么。"我帮她把小桌支上，把保温盒里的饭菜端上。

"想不到，你还会做饭啊。"她笑了一下，却没有之前那样的灿烂。

"专门为你学的，快尝尝。"我喂了她一口。

"嗯！好吃。"

"你喜欢就好。"

"你知道吗……我的病情又恶化了。"

"我知道。"

"我好想，恶狠狠地把你从我身边赶走，可是我无礼了这么多次，你却一次没走……"

"傻姑娘，我都说了要陪你一辈子了。"

"很……很伤你的心吧？"

"没关系。"

她呜咽着，抱住了我。

"等我把桌子撤掉你再抱好不好？"

我们并没有说太多的话，等她吃完饭，我又开始帮她收拾屋子。

"啊——张嘴。"

"啊——好苦！"她眼角泛着泪花。

"苦可以吐出来的，不要紧。"

"我想快点儿好起来，之后陪在你身边，你……会嫌弃我吗？"

"我不会。"

"医院的病历和我重度抑郁症的单子……几乎已经判

了我死刑。"

"说什么傻话，你会好起来的，我保证。"

"我信。"

今朝若是同淋雪，此生也算共白头

你说你是个三十六摄氏度恒温暖宝宝。

在元旦前的一天，她忽而约我，先是在微信上浅聊了几句，又给我发了几个语音，不断重复着"今天下雪了"之类的话，催促着我早些出发。

真是有些让人哭笑不得，毕竟一个在北方生活了好长一段时间的人，怎么会因为一场或许不会积下多少的雪而兴奋呢？

但我并未想太多，便匆匆扣了帽子，披了件羽绒大衣，踏着楼梯下去了。

世界早被粉饰得银装素裹，风儿却并未有多凛冽，雪与风二者呼应着，前景似乎有些朦胧。

我挤上了地铁，今日的地铁，仿佛承载了游子思乡的心情，就这么驶向了远方。

不多时，约好的地点便近在眼前了。"特意早到了十分钟。"我想。可仅仅过了一个拐弯，我便看到了她的身影。

纯白的羽绒服，肩上有些小雪渣，可见她已经等了些时间了。她低着头，头顶的雪晶莹泛着微光，与黑褐色的发丝交织在一起。

我上前两步，抱住了她。

她猛地一抬头，推开的劲已经使出，张开的嘴似乎要大喊起来。

我们两个的目光就这么对在了一起，她微微一愣，手上的动作随之一顿。在她偏白的脸上，脸颊、鼻子却粉得偏红。我将手捂在她脸上，她微微呼着白气。

"冷吗？"

"冻死了！"

"为什么这么早来？"

"想见你不行吗？"

我一愣，手还捂在她脸上。

"好啦，你也会冷的。"她把我的手轻轻拿下，又狠狠地塞回我兜里。

"我有东西要给你！"她好像想起来点儿什么，在她的小包里翻找了一下，随即拿出了一条叠得很板正的围巾。

她轻轻地笑了一下，帮我围到了脖子上。

"好啦。"她轻轻地拍了拍我的肩头。

　　"我说小李同学，你不要老是穿得跟以前的人似的，好好地打扮一下自己不好吗？"

　　"你再这样，就又老又土得不像样了。"

　　我轻轻摸了摸她的脑袋。

　　"走吧。"

　　"嗯……"

　　我们在雪中漫步，说说笑笑，打打闹闹。雪下得不大，只是将思念的海倒悬，落下了片片云烟而已。

　　她自顾自地捧起一捧雪……

告别

"莫愁前路无知己，天下谁人不识君。"

时光飞逝，学业压力在我们身上体现得越来越明显。

好巧不巧，她也要搬家了。

与她分别那天，我们去看了一场电影。

"嘿！我在这里！"

"嗯……"她掂量着步伐，一步一步地走过来。

"呦！几天不见，变得分外羞涩了？"我一边打着哈哈，一边在机器上取票。

"瞎说什么……"她一边忙着否认，一边又挽上了我的胳膊。

谁也没有再提起这件事。

"咱们……什么时候还能再见面？"

"难说。"我轻叹了一口气。

她的眼神忽然黯淡起来，忙松开手。

"叫你松你就松啊，你之前不是挺叛逆的吗？"

"你！我哪里叛逆了……"

我轻笑了一下，想起她说的也没错，她确实是一位知书达理、温文尔雅的姑娘，说她上知天文、下知地理也不为过。她那冷若冰霜的性格其实是后来从我这里才逐渐化开的。

随着电影的散场，我们也一同来到了街上。

街上的车和人川流不息，她要去马路对面，而我还要走这条路回家。

"明天见！"

"拜拜咯！"我们互相道别。

再遇与错过

如果那时候我少些懦弱，让故事延续下去呢？

很长时间以后，我们在微信联系。她与线下大不相同，一个柔情，一个似火。

依旧听着熟悉的歌，岁月未变，你不是你，我仍是我。

我整理了一下衣角，忽然感觉脖子凉凉的。转头一看，原来是窗户未关。窗帘舞动着，起风了。我并不迷信，但望着窗户出神。

我起身，轻轻关上了那扇窗。收了一下挂在阳台的衣服，我一件一件地叠起来，又将泛白校服压在了最底下。

这是我们分别后的第一次见面。我从校门口出来的时候，她一袭素衣，在外面好像等了很长时间，头发盘了起来。风吹拂她的面庞，吹走了年少时的懵懂与青涩，吹散了回忆的朦胧。

她缓步上前，我们却一言未发。

旁边的朋友欢呼而过，留下散在风里纠缠不清的笑声。

她伸出手，整理了一下我的衣领，

"衣领歪了，这么久没见，都不会照顾自己了。"

我的话仿佛咽在了嘴里，咽在了心窝里。

"你长大了啊，都这么高了。"她笑着拍了一下我的肩膀。

"是啊，都长大了。"我有一搭没一搭地回着。

"可我还是喜欢你，但又算不上喜欢了。"

"我对你，似乎成了牵挂。"她脸色微白，但笑起来依旧迷人。

素白的裙摆，仿佛染上了天青色，这是雏菊一般人儿的穿着。

树影婆娑，灯光摇曳，繁华的街上车水马龙，我们伴着路灯，一路寡言。

"去我家坐坐？"

"不必了。"我答道

"还有作业要写，老多了，写都写不完。"

"嗯……"

"那你喜欢过我吗？"

她认真地盯着我的眼眸，换来的却是沉默。

她忽然叹了一口气。

"故事一开始就会结束，不开始永远不会结束，但这不是你懦弱的借口。"

"我知道，但不是时候。"

"我知道了。"

她把我送到了家门口。

"不进来坐坐吗？"

"我忽然想起我们家也还有些事，我先回去了。"

"嗯，路上小心。"

"谢谢。"

门缓缓地被关上，我呆呆地站在门口，不知所措。

永远的 12 月 31 日

可白昼将至，我的月亮也要沉没了。

到了 12 月 31 日，元旦前一天，我们之间的关系仿佛恢复到了当初的模样，谁也没有再提过这件事情，就好像那天什么都没发生过一样。

她在微信上的话分外多。

说什么等她病好了，要再去一次游乐场，看日出，去逛街，去吃好吃的……许下了好多好多愿望。我一一应和，许下诺言。

我们聊得分外开心，仿佛回到了孩童时期。

"哦，对了！"

"还要一起过元旦，不能食言！"

"一定的！"

直到……那天下午。

我两个电话没有打通，发了几百条消息也不回。我有些预感，一定出事了！

我发了疯一样给她父母打了电话，但都没有接。

我头一次感受到无力与恐惧原来那么清晰。

晚上7点多，接到他父母的来电，电话中两人泣不成声。

从他们二老的只言片语中，我凑出了我这辈子也不愿相信的事实。

她，因突发心脏有关的疾病。

抢救无效，去世了。

度过了在人间的寥寥十几个春秋。

我没来得及去看她最后一面，直到在葬礼上，我才听到，她父母说他们女儿上救护车的时候嘴里嘟囔着还要跟我过元旦什么的……

我唰的一下脑子一片空白，奇怪的是，流不出半点儿泪水。

我颤颤巍巍地接过一张纸条，哆哆嗦嗦地打开。

"按时吃饭，按时睡觉，你太瘦了！要照顾好自己。衣服什么的要叠好……我不在的日子里，你要好好的，好好活下去，我把我的梦想托付给你，你一定要写出你自己的书哦，一定要让大家都知道你。

"那样的话，我在天上跟星星们一提起你，我会超级骄傲和自豪的！因为你是我的爱人，对吧，李明博？

"你知道吗？那晚我爸爸妈妈找你谈话，我其实都听到了。你还是喜欢我的，对吧？我就知道。

"可我还是好想听你亲口说一句'我爱你'。

"好想好想。"

我忽然仿佛看到了那天的海岸，那天的大海，在月光下，波光微撒，星河耀眼，旁人安详。

两人就这么坐在沙滩上。

这时，她父母将她的骨灰盒递给了我。

我起身接过，清楚地感受到曾经的故人的重量。

"怎么……那么轻……那么轻……"

我那时候的声音似乎有些颤抖。

就好像我现在的身影，逐渐地与沙滩上起身的那个男孩重合在了一起。

"走，我带你回家。"

"走，我……我带你回家。"

附 录

诗歌作品选

昨日春风

不觉入秋，
可街上的行人，
似乎还未找到魂灵。
恍如隔世般，
活在夏末。

似乎季节的反响，
不再明显。
不知是在终日的反复中，
失掉了机敏。
还是在那寒风凛冽中，
平添了些许的惆怅。

路灯昏黄，
交织着夕阳的光，
不知又是为了哪位姑娘，
应景地，
倾诉衷肠。

游子归乡，

仿佛那延绵千里的沃野，

让人情不自禁地，

红了眼眶，

勾起了，想家的欲望。

归兮——

归兮——

期盼着魂归故里，

长歌已报，

可否不急？

怎么会，

怎么会不急？

就好似你问我，

为什么，

为什么爱那片广袤无垠的土地，

爱那片辽阔的平原，

和质朴的人民？

我会告诉你，

我会高声、自豪、担忧，

最后如呢喃般告诉你，

我的爱。

不用过多的形容词，

便可表达出我那颗，

纯粹的心。

太像太像，

太久太久，

但好在如今的你我，

已然成熟，

多年的未见，

终于要化作，

那从远方驶来的——

汽笛！

回去了！

我要回去了！

再见了——

我漂泊多年的土地！

我要回去了！

回去见见我的娘亲，

见见我多年未见的老友，

和我那表堂兄弟。
我要看!
我要看看这北国万里!
将这一切的东西,
狠狠烙印在心底。

终于,
终于!
见到了这一切的一切。
传来了,
传来了!
那远方的汽笛!

我要看,
我要看!
看看那冰封万里!
看看那无边的雪地,
融化在冬日的告急!

我喊啊——
我盼啊——
我盼那无边冬日的告急!

把这些年所受的委屈，

彻底地揉碎在，

那迟来的春天里！

风起树摇

发丝飘荡，
绿叶沙沙作响，
波光粼粼的湖面上，
垂柳正梳妆。

西风微凉，
昨夜霜降，
紧了紧衣裳的我，
向着久别重逢的方向，
望了又望。

可，
我终是要离开这里，
去往所谓的他乡。
走到十字路口处，
心绪涌上，
涨红了面庞，
但又无话可说，
仅剩彷徨。

为何，

为何会悲伤？

那远方和梦想，

不就矗立在那时光里，

与我隔岸对望？

可，

为何真到了那时候，

会想起爹娘？

少年啊，

长了翅膀，

知晓了思量，

知晓了难忘，

知晓了那日日夜夜所诉的衷肠，

知晓了那口是心非的，

"别想"。

怎会不想？

怎会不想！

那无尽的思念与牵挂，

烦心与不畅，

伴着电话的接起，
泪落，
直击心房。

只怕岁月不待，
我从风起树摇中走来，
回头看看，
扶起，
那步履蹒跚的摇晃。

告别诗·最后的浪漫

我埋葬了月亮，
将太阳躲藏。
笑得牵强，
坚强。

我缓缓地摘下日落，
星光碎了一地。
满地的彷徨，
伤凉。

我与霞光吻别，
我把云朵送葬，
送葬活在乌托邦的少年郎。

少年啊，
好好地睡一场。
和浪漫度过温柔的良夜，
最后只剩凄凉。

心口的，悦动。

延绵的，岁月。

胸中的，热血。

青春的，彷徨。

清醒中，梦呓。

燃烧的，征途。

赞颂理想，

最后笑着的，

是个影子。

少年被映在地下，

那么模糊，

那么长……那么长……

雨落屋檐·君不见

如丝如线，
如针如毛，
伴着朦胧水雾，
罗网了梦里的天。
乱珠碎锦，
卷地风云，
两三滴浓墨反倒做了先，
扰了水中月，
伴着泪痕，
惊起云烟。

镜碎，
西窗烛剪，
离别的巴山上，
秋池涨作思念。
清明雨纷，
离别的人儿魂断杏花间。

江海倒悬，

是预兆，是思念，
是四月的提前，
是丹青墨染，
执笔写下，
人间的滋味万千。

往事随风浮现，
在这之中，
仿佛只有异乡人，
漂泊看不见，
怅然若失了些什么，
就好似蒙了双眼，
不知是水是泪，
入口觉咸。

顷刻间，
千里婵娟，
我看着远山渐隐，
我在他乡，
等着晴天。

入梦来·闲来无事扰

星渐没，

满堂寒，

竹入夜深，

卧听窗外奏弦，

絮絮绵绵，

惊扰雨燕。

春不眠，

谁家院？

忙里偷闲，

天难藏泪，

忽觉北国风光无限，

岁岁年年，

画栋珠帘，

人间四喜，

此事千古难全，

只得付诸谈笑，

化作飞烟。

偷晌闲，

再哀怨，

哀怨千古英雄事。

胜负兵家事，

隐没多少豪杰？

浪里淘沙，

天地悠悠，

忽觉如梦，

奈何青史留名已然如愿，

英雄豪情，

何薄于天？

心中存侠义，

丈夫难为英雄焉？

灯火万千，

护得一方周全，

留名与否，

长啸间，

杯酒更劝。

枕星眠，

待到东方既白，

望天晴，

见好景，
妙缘，
欣然作此篇。

夏夜序曲·地的脉搏

你是亘古以来，
千百年所传唱的歌，
你是树影婆娑，
夏夜里跃动的脉搏，
你汹涌，
你干涸，
你化作泪，
从天的眼角划过。
你奔腾，
你磅礴，
你是深浅不一的车辙，
见证了历史的巨轮碾过。

你是爱人眼中的塞纳河畔，
留下了太多不舍，
你是诗人笔下的繁花似锦，
成就了生机勃勃。
你既是永恒，也是过客，
千万个日夜里，

你的响彻，

让人们发现了火。

你既是暗淡，

也是星河，

有了你的经过，

才诞生了传说。

暗恋与明恋

我对上你的目光，
却总是我先躲藏。
你眼眸中的闪闪发光，
挂在我心上。
是星芒，
是轻纱，
是并不夺目的月亮，
是我不小心碰到你的手，
那时的心跳，
占据了心房。

你是我的思念，
你是我的珍藏，
你是我回忆里的佳酿，
是火光，
是理想，
一站在你身旁，
我就不会迷茫。

晚风吹起的情动，

天边微落的晚霞，

你一刹那的脸红，

使我陶醉其中。

每日与你相逢，

总是伴着起哄。

我想你也应懂，

这"大洋"，

这"绝色"，

这"月遇从云，花遇和风"，

这"鸡鸣寺的花开了"，

这"怂"和"您"的不同。

愿我们都能在彼此心上，

独占栋房，

不被遗忘。

既是前世的重逢，

也是今生的佳期如梦。

不知名情书

一束无惧世俗的光,
降临在心中的爱琴海旁,
庞贝古城的辉煌,
做了独属于你的嫁妆,
我的爱人、妻子、偏爱与唯一呵,
无论朝与夕阳,
我的世界,
就映在你身上。

那日临近傍晚,
伴着萤火与海风,
我追逐着永恒的心动,
跨越了无数山河,
直到遇见了你,
连风尘,
都被清了空。

你是我的洛神,

"翩若惊鸿，宛若游龙"。
你"回眸一笑百媚生"，
从此我的时空失了颜色。

让你我吻别在昨日吧，
就算那时青葱，
但或许"爱上你"的，
是岁月，不是山盟。

请原谅我的放肆，
和我在言辞上的无礼，
或许你我不应如此，
在这个年纪的承诺，
是胆小鬼的服从。

所以我不曾署名，
并非我不爱你，
只是春风无形，
扰我心绪罢了。
这篇情书，
就让它散了吧，

散了吧。

不知名的人，

也不曾想要爱情。

月牙

月牙弯，月牙长，
月牙照在了大道上。
康庄大道有点儿长，
尽头是远方。

月牙弯，月牙长，
月牙下是个少年郎。
少年不怕风和霜啊，
决定要闯荡。

月牙弯，月牙长，
远处的城市金碧辉煌。
少年他啊慌慌张张，
还有点儿匆忙。

月牙弯，月牙长，
月牙高高好像娘。
儿啊出了小村庄，
今后要坚强。

娘啊娘啊,

你莫要挂牵啦。

娘啊娘啊,

我过得很好哇。

娘啊娘啊,

今年我就不回啊,

娘啊娘啊,

……

我想你了。

月牙弯,月牙长,

月牙弯弯像爹娘,

鬓如霜啊鬓如霜,

留在了村庄。

月牙弯,月牙长,

大黑狗啊打盹香。

父亲放羊有点儿忙啊,

猫咪拄拐杖。

月牙弯,月牙长,

大山说我有点儿狂。

我说前路夜荒凉啊，
星星闪着光。

月牙弯，月牙长，
新郎官胸前红花扬。
明码标价心被伤，
幻想中流浪。

月牙弯，月牙长，
城市里灯火可真旺。
北极星不再闪光，
只剩黑茫茫。

月牙弯，月牙长，
少年的胡子长了又长。
月牙越吃就越胖，
吃成了月亮。

月儿圆，月儿方，
月儿照在了小路上。
小路弯弯有点儿长，
尽头是家乡。

念想

我遇上了你，
依旧是那件衣裳。
春风十里，
荡开了人间理想，
星河风霜，
皆装进你的眼眶，
时间？
回忆。

趁着故事还长，
趁着湖水刚涨，
趁着有树荫，
趁着有波光，
镶进相框。
云拥着热浪，
花同朝暮绽放。
祈祷那漫天的萤火和山坡。
我带来的，
是希望和念念不忘的回响。

虚无

溢满水的空巷，
有鱼儿在上空翱翔。
几万米深的地道里，
所有树木倒着生长。
这天空是斑驳的幻想。
十分着迷的人儿，
失魂落魄地走在这里。
我仔细一看，
每个人脸上，
都挂着僵硬的笑。

我就像溺死在海里的鸟儿，
所有人在山峰对我诛伐。
鸟儿就应当飞翔，
就算好奇一下大海，
也是罪不可赦！

我就像窒息在天上的鱼儿，
有人问我为何还不下水，

他们扔我上岸，
说要拯救我，
可又在海洋里抛下罪恶。

我看不清了——
眼泪早已成河。
我听不见了——
耳朵早已失聪。
我感受不到了——
指纹早就磨平。
我终于认得我有罪了——

荒谬故事

欢歌映着玫瑰花期，
海市蜃楼让人触之不及，
烟火绽开伴着春风得意。
鲸鱼，
却被海底抛弃。

船儿把星星装进灯里，
叶子在光里淅沥。
月亮被那虚无所掩蔽，
这荒诞的故事该有人落笔。

我轻搭双手便造出了生命，
鸟儿在歌唱，
花儿在树旁。
我去触碰那流淌时光。

墨染山河点缀，
轻绣皎月落水。
心藏曙光明媚，

无悔，无悔——

太阳散发柔和光芒，
轻纱一样。
星星不再彷徨，
出没在地平线上。
人们眼神蕴藏，
澄澈的希望。
黄昏的昏黄散在路旁，
夕阳指引着人间理想！
我该如何假装？

快去寻找最初的方向，
雏菊插在猎枪旁，
在黄昏里写上一封书，
顺着岁月飘扬。
却被——
世俗，
所埋葬。

等

乍暖还寒时候，

等到了"燕山雪花大如席"。

月落乌啼，

待到了黄四娘家花满蹊。

等啊等啊，

等到思念成海，

泛滥成灾。

我才知道，

想走的人不会回来。

等衣衫上沾满了落花，

等春天探进了谁的人家。

等痴心的人儿没有了芳华，

等你再为我念一首《蒹葭》。

等雪赴向春三月的那一刹那，

等天边的流星滑下。

等跌落云海的你我白雨跳珠，

等你我，

化作晚霞。

梦

湖潭上的波光，
倒映在星光的罗网上。
睡在夜里的人儿啊，
从一个月亮走向另一个月亮。

两岸青葱，
沙沙作响。
静谧的夜啊，
只剩一个影子，
闪闪发光。
我看不清他的模样，
只记得他满身晨光。
在那昏黑的雾中，
他是唯一的太阳。

树木倒悬着生长，
鹅卵石泛着微芒，
鱼儿欢快地翱翔，
在那片天空之上。

四季的风儿吹过，
蝉鸣依旧响亮。
忽而大雪飘下，
仿佛身至故乡，
那耀眼的太阳，
白茫茫。
映着心中的汹涌，
和清泪两行。
映着破碎的镜子啊，
还有血光。

我见他戴上了红星，
指引着我的方向，
黎明前的夜啊！
荒凉，荒凉……
我看不见他的模样，
只记得他身上很脏，
可那眼神里，
有着澄澈的希望。
那是孩童都不具备的啊，
它驱散了我的迷茫。

他很年轻，

穿着中山装。

兜里放着那张黑白照，

拿起看看，

笑得暖洋洋。

半夜，我忽然惊醒，

看到他睡在炕上。

半夜，我忽然惊醒。

看到他，

回到了故乡。

逃

请你，
带我一同走吧。
带着我的灵魂漂泊着，
直到世界一片空白。
带我走吧。
去看看，
我从未见过的，
向往的，
希望。

让我们寻个好天，
追月，
观星。
那天边的彩霞，
也便做了，
伊的嫁衣。

请你带我一同走吧！
带我走吧。

我们可以拥抱烟火的绽放，

我们可以无言地看着斜阳。

无虑地，

奔着，

走着，

跳着，

打着旋儿。

彼此的眼眸，

同那春水一样！

可是我的肉体，

困在了，

死在了，

这里。

我不想死在这里！

我会呐喊着，

央求你！

求求你，

带我逃出去吧……

窥光

昏暗的房间里，
并不是没有光亮。
白晃晃的灯光，
刺入了人们的眼眶。
哪有太阳？哪有太阳？
为何没有日光？
为什么"自愿"困在这里，
做着待宰的"羔羊"？

仰头，盼望。
为何不打开看看，
看看夕阳，
笔记，反光。
借口多种多样。
他们欣喜地拉上帘子，
妄图锁住太阳。

人儿啊，
为何不开窗？

让我们白皙的皮肤，
回归血色的光芒。

窗外的风光，
似乎是"死亡"。
于是我们闭口不言，
在纸上写下所谓的星光。

看啊！想啊！
去见见太阳！
见见无垠的大地！
见见自然的风光！

光啊——光啊——
我们不在乎是否明朗。
只求能在自然的汪洋里，
洗涤我们的心脏！

光，
光！
我们需要光！
生在阳光之下，

花儿需要生长！

光！
光！
凝聚起力量！
让天下的人儿，
不再自豪地 ——
窥光。

燎原

他笑着，
亦是热血满腔。
任它威胁迫同，
在那白山黑水间，
钻出来！
狠狠地冒出头来！
叫着，喊着，嘶吼着！
有的手执笔，
有的扛枪杆，
还有的修书一封，
眼里烁着，闪着，雀跃着，
那跃动的火光！

不害怕，不认同，
无论是剜下我的心，
还是割下我的肉，
那心，炽得它们发慌，
那血，热得它们发烫！
死死地盯着他们，

审视他们！

我的同志们！

就在那路上！

紧握那武器，

组建那武装，

杀出个国泰民安，

拼出个寰宇和谐！

待到红旗漫天，

让那些"它们"，

瑟瑟发抖去吧！

让"它们"愁得头发花白，

夜不能寐。